KB068159

하늘이 숨겨놓은 진실: 뉘앙스

하늘이 숨겨놓은 진실: 뉘앙스

초판 1쇄 발행 2024. 4. 25.

지은이 송준만
펴낸이 김병호
펴낸곳 주식회사 바른북스

편집진행 박하연
디자인 양헌경

등록 2019년 4월 3일 제2019-000040호
주소 서울시 성동구 연무장5길 9-16, 301호 (성수동2가, 블루스톤타워)
대표전화 070-7857-9719 | **경영지원** 02-3409-9719 | **팩스** 070-7610-9820

•바른북스는 여러분의 다양한 아이디어와 원고 투고를 설레는 마음으로 기다리고 있습니다.

이메일 barunbooks21@naver.com | **원고투고** barunbooks21@naver.com
홈페이지 www.barunbooks.com | **공식 블로그** blog.naver.com/barunbooks7
공식 포스트 post.naver.com/barunbooks7 | **페이스북** facebook.com/barunbooks7

ISBN 979-11-93879-77-1 03810

송준만 시집

하늘이 숨겨놓은 진실: 뉘앙스

Nuance: hidden truth

바른북스

목
차

제1부 삶의 속살 *life real*

제2부 여행은 순례가 되고 *pilgrimage*

제3부 덧없음 *fleeting esthetic*

제4부 하늘이 숨겨놓은 진실: 뉘앙스 *nuance: hidden truth*

제5부 찬란한 고통 *splendor of pain*

제6부 영지 잃은 말 *meaning lost*

제1부

삶의 속살

life real

그대의 눈길

어찌 이렇게도
  세세히 새겨 놓았을까?

꽃송이, 잎 무늬, 여린 빛깔,
  눈에 띄지 않는 한적한 곳에
언뜻 모습 드러내는 아름다운

작은 영혼을 사랑이라
  숨은 의도를 축복이라
    아니 할 수 있겠는가?

천지간 자연 속
  보이지 않는 곳에 살며
    수에 눌리지 않는 기쁨
간직함이 소중해

작은 속에 큰 그리움이
  꽃피고 있음을 그대는 아는가?

태초에 심은 이름 모를
　서럽도록 섬세한 풀꽃,

이 세상에 그 누가
　그대의 눈길을
이토록 기다리고 있을까?!

이야기

우리는
이야기로 살아간다.

기쁘든 슬프든 좋든 나쁘든
각자에게 의미 있는

사연에 삶의 질곡을 담아
앞뒤 가름하는 잣대로
가슴에 품고 살아간다.

단어 하나 토씨 하나 바꾸는데
긴 세월, 혹은 찰나면 족해

성긴 글엔 고통이 담기고
사설은 넋두리,

알알이 박힌 슬픔은 자산

눈물 엉킨 사연은 이웃을 적셔

떠나는 이의 소망은
고운 한 문장으로 남는 것.

오늘도 벽 앞에서
지울 수 없는 이야기로 살아간다.

무조건 들어주는 이 있어.

외로움은 홀로일 수 없는 고통

울고 웃고
사랑하고 미워하고

슬퍼하고 기뻐하며
스친 숨결로 너와 내가 하나인

그리움은
홀로일 수 있는 아픔

외로움은
홀로일 수 없는 고통.

함께할 수 없어 허전하나
인연 얽힌 삶에 홀로인 건 없어라

저 푸른 허공엔
슬픈 기미조차도 없구나!

살아 있어 행복한

숨결 주시하는
당신의 깊은 정 느낄 때

사랑은
피는 꽃의 신선함으로
그대를 향해

당신의
고운 숨결이 내게로 와
완성된다.

생존은 죽음 그늘서 절실해
　살아있음은 영혼의 샘이니

여기 있음으로 오는 생의 환희
　서로 얽혀 이루는 은밀한 무늬
말에 담을 수 없는 황홀로 넘쳐

당신과 나누는 사랑은 숨결의
　작은 소망, 영원의 씨앗입니다

상사화

그릴 뿐
만날 수 없어
여리고 청초하구나!

욕정(성)이
삶의 전부가 된 때

너만이
흔들리지 않고
청순한 꽃으로 피어

기다리고
기다리다 지쳐
고통 속에 야위어가,

슬픔이 모든
위로를 헛되게 하는

그리움의 고통을
향기로운 의지로 피우는
사념의 꽃이여!

실루엣

어둠 가르는 능고선이 검은 리듬으로 출렁이며
　황혼의 꿈으로 다가오는 시선을 어느새 사로잡아
업 가르는 평형 위서 얇은 생의 무게를 느끼며
　하루를 태우고 반성하는 시간은 은은히 향기롭다.

꽃그늘서 꿈속으로 떠난 자리에는 깊은
　연민 넘치는데
초승달 뜨면 아련한 과거는 실루엣으로
　현재를 달래며
희망 버리지 않고 순박한 시선으로 맞는
　선한 눈을 기다려

　꿈과 각성의 접경
혼돈과 욕망을 반추하며 피는 황혼 껴안아
　시원으로 돌이켜
출렁이는 긴 산록은 어둠 얼싸안고 꿈꾸며
　잔영이 드리우는
소리 없는 장엄한 침묵으로 오늘을 찬미해,

이미 노을이 져
저편으로 향하는 시간엔 맺힌 한이 피어나
깊은 어둠 속에
이루지 못한 사랑은 옹이져 혼의 길목 막아
도취로 전하는
그리움 가슴속에 영원히 묻어둔 나의 사랑

들여다보고 또
들여다보아도 끝이 없는 그리움의 저 바다
저 심연보다도
깊은 영원 속으로 떠나간 내 그리운 사람아.

시선의 깊이

창밖서
여인이 매무새를 다듬는다.

시선의 깊이를 솎아내
자신만 남아

얼굴 다독이며 표정 짓는
자기 시선에 사로잡힌 시대.

우리는
서로 겉돌 수밖에 없어

외로워
오늘도 나는 홀로 외로운

오지 않는
눈길의 저편으로 남는다.

시작과 끝
—목련

하늘과 땅의 기를 모아서 생명의 빛 발하려
  일어나 순수한 부드러운 방망이로 부드럽게

둥근 허공 자극하면 순백의 고귀한 얼굴은
  화려한 신부의 현란한 자태로 찬란히 피어나

아름다움의 화신으로 순간의 진수를 전하나,
  미의 거부할 수 없는 숙명 찰나를 드러내며
일그러진 추한 모습으로 흐트러져 부서지는

두 모습 하나인 시작과 종말이 별개 아님을
  고독한 순환의 아픔을 드러내며 말없는 표정,
호젓이 가꾸는 침묵, 진실 숨김없이 들어내는
  시간이 피어나는 찰나, 영원, 진리, 역사 희망,

무와 유, 미와 추는 인간의 분별일 뿐 시작과
  끝의 유희는 나눌 수 없는 하나로구나, 하나!

셈이 끝나면

"너는 누구냐?" 물으시나
선뜻 대답할 수 없네요.

우주는 태초부터 안에 신비스런 빛을 쌓아
날 이룬 생명체들은 끊을 수 없는 연으로
수없는 끄나풀을 엮어 생명의 피륙을 짜내

신령스러운 넋은 혼의 넓은 호수를 열어
저리 시퍼런 심연이 자리 잡고 있으니까요.

제가 누구냐고요?

글쎄 제가 살아온 나날들,
생의 아름다움, 아픔, 슬픔,
사랑, 기쁨, 희망, 진실, 이별, . . .

그 깊은 속을 헤아리는 데는

시간이 꽤나 걸릴 걸요,

기다리세요,
셈이 끝나면 알 수 있을까 모르겠지만.

동심원 무늬

붉게 물들인 목질엔
　형상 엉킨 생존의 자국들

옹이진 둥근 무늬로
　세월의 시련을 모두 모아

어느 날 어느 시의
　아픈 생의 흔적 새겨 놓은,

조화로운 무늬, 직선 없는 율동,
　유연한 숨결로 승화시킨 곡선은
죽어서도 아름다운 황홀 들어내

숨 붙이가 부끄럼 없이 명지키며
　생의 경외, 삶의 진정성으로 엮은
생의 갖은 시련으로 둥그런 무늬,

내 속도 그 고운 동심원의

물결무늬로 다듬을 수 있을까?
결로 읽어내야 하는 아픔들.

동심원

바람이 자 그림자를 딛고
　수면 위로 갈대 조용히 떠오르면
산자락도 슬며시 다가서

기다림이 목을 길게 늘어뜨리면
　노을이 깔리고 별 내려와
하늘, 땅이 어스름 속에 하나 돼,

물안개 낀 검붉은 유리수면 위로
　물고기 한 마리 힘차게 뛰어올라
지금 여기 있음을 우주로 전하는
　작은 동심원 비단결이 흘러가면
넋은 기다린다.

중심을 알리려 동그란 파장이 만나
　간섭하며 파문 쌓는 물가에
반짝반짝 별도 빛발하며 깜박깜박
　눈짓하는 이유는 무엇일까?
누구에게 이토록 애절하게 전하는 걸까?

생명으로 태어나고 싶은 호소
　삼켜버리는 무자비한 힘에 맞선
작은 생명은 SOS치며 흐름 속
　위치를 알리려 동심원을 풀어놔

살붙이의 애타는 그리움, 넋의 아픔,
　외로움 실은 사연이 사방으로 퍼져

기다림 열어 피붙이의 안부를 묻는
　작은 파장으로 흐르는 정다운 무늬
동그랗게 둥그렇게 멀리 멀리 퍼져,

숨결이 잦아들면 사라진 신성처럼
　마지막 파장 남기고 어디론가 떠난

아픔 모를 사연 뜻 모를 동심원의
　소망이 파도치며 다시 돌아오겠지
길 잃은 별의 애틋한 징표가 되어.

참사람
—정신의 깊이

넋이 흩어지지 않게
　　혼의 골을 깊게 파서
　　　　강으로 흐르게 하고

사랑 흩어지지 않게
　　넉樂의 젖줄을 이어서
　　　　생명을 흐르게 하고

인연 흩어지지 않게
　　정의 샘을 깊게 파서
　　　　가슴에 흐르게 하고,

모습을 잃지 않으려
　　넋은 만물에 감응해
　　　　타고난 숨결을 이어

피는 꽃의 아름다움
　　새의 자유로운 비상
　　　　숲의 넓은 가슴이여!

풀잎의 호흡과 들춤
　　멋진 나비 날개 짓
　　　　아기의 숨결과 박동

그 누가 주인 되어
　　심신의 균형을 잡아
　　　　흩어지지 않게 하는가?

동식물 구별 없는 생물,
　이끼류 섬세한 디자인,
　　물고기의 현란한 색깔,
　　　　꽃의 아름다움과 향기,

스스로 돌보지 않으면
　누가 다움으로 곱게 하고
스스로 돌보지 않으면
　누가 신비로 숨결 다듬어

사랑 붓고, 기쁨 엮어

찬란한 생명의 잔치 열어
이 세상을 일구어낼까?

흐르는 물체는 기운 낳고
흐르는 통로는 생명 낳고
흐르는 생각은 지혜 낳고
흐르는 이상은 실천 낳아,

마음은 온 세상의 사람들과
모든 것을 관통하는 문
심금은 우주를 안아 깊숙이
타인 만물 속까지 울려,

시간을 껴안고 저기 멀리
생명의 시원까지 거슬러 가
섬세하게 공감을 받아들여
시공을 넓히며 자연과 벗해

만물을 품는 넉넉한 배려
　이해가 용서임을 보여주는
가슴은 하늘 품을 수 있어
　깊 넓은 희열로 충만한데,

이 기쁨 아는 사람은 세상을 사랑하는 사람
　부끄러움 없는 그는 영혼을 더럽히지 않는
참사람이다

풀꽃

이름 모르는 작은 풀꽃의 아름다움에 취해
  귀천 모르는 그는 고개 들어 하늘을 본다.

저 하늘은 어떤 깊은 뜻을 숨겼을까?
  쌓인 의문은 큰 눈 뜨고 가슴 넓히며
커진 의심에 매달려 몇날며칠을 산다.

문턱을 낮춰 경계 모르는 속 들어내
  쓰린 아픔, 진한 기쁨, 슬픔, 그리움,
모든 저다운 것들이 안으로 들어와,

혼도 밖으로 나갔다 돌아와 세상을 삭이고
  말은 못해도 무언의 시선으로 느끼는 숨결
무심함 속에 나타나는 위엄과 곧은 순결로
  생의 끝 간 데 없는 진실 품는 애틋함으로
사랑하며

세상 묶고 가르는 힘찬 단어를 멀리하며
  사라지는 말 아쉽고 사라지는 정 그리워
외로운 듯 산다.

누구도 어쩔 수 없는 작은 우주 공간에
　마음자리 세워놓고 흔들리지 않는 푯대
때로 흔들며 한호하고 모르게 눈물지어
　세상 소리에 공명하여 가슴을 쥐어짜고
함박꽃 웃음 웃으며 산다.

실핏줄 마디 없어 시간은 멈추지 않고
　젖줄이 흐르는 자리엔 명의 흔적 없어
그리움 불리며

기계 계산이 침범치 못하는 영지 가꿔
　이념이 썩는 부활지를 지나면 이 세상은
모든 것들이 살아있는 생명의 땅, 연민,
　사랑의 힘으로 수렐 밀며 남 모르게 산다.

신비의 강 건너 신 먹고 하나 돼
　흩어질 고운 혼백은 자취가 없어
모양에 싣지 못한 소중한 것들을
　가슴속에 새기며 허공의 건너편

가득 찬 빛 광맥 숨 줄기로 불려,

숨 붙이, 살붙이, 빛 붙이가 되어
  삼라森羅를 오가며 만상에 깃들어
머물지 않고 떠나지 않아 샘솟는
  차별 없는 기쁨으로 가슴 충만한

고귀한 성품 내면의 빛으로 솟아
  이름 모르는 꽃들에 미소 지으며
아침 햇살의 따스한 시선을 전해,

조용히
맑은 향내 풍기는 그
  어디에 담을 수 있으랴
    어딘들 가둘 수 있으랴
그렇게 사는 그를.

하늘가는 행운

갈대처럼 아부하는 때 고집스러운 뜻 하나 지켜
노예가 아닌 순일 잃지 않은 소박한 주인으로
티끌에 묻혀서 살면서 문자에 기대지 않던 그

바보로 살다가
성자로 가는 행운 얻어,

피었다 지는 풀꽃처럼 관념에 얽매이지 않고
진리를 주장하지도 않아 아무도 모르게 홀로
돌아보며 웃음 짓던 그

바보로 살다가
희열로 승천의 행운 얻어,

꿈으로 불러오는 현실, 진실로 자리 잡는 착각,
확신의 유혹은 벽 없는 의식 부추기며 극으로
인간을 몰아가며 AI가 약속하는 편의를 향해
각인된 의식에 사로잡혀 벗어날 수 없는 우리,

무심히 있고 없는, 잘나고 못난 구별을 버린
고통으로 영혼을 기쁘게 하는 그는 순진무구해
차별의 고통 없는 그가 하늘가는 행운을 얻네.

실낙원

—콜 니드라이(신의 날) 환상

소리는 공명으로 뜻 전하고
　마음은 눈빛으로 정을 전하며
열어놓은 가슴은 하늘 받아들여
　리듬으로 진심을 나눈

깊은 선율, 짙은 기쁨, 신비
　간직한 진심으로 살았으나,

기계가 사람을 옥죄는 시절이 와
　조작된 영상 세상은
자연을 잃고 선율은 숨결을 잃어

성스러움 깃들 수 없어 속절없이
　실낙원 주인이 됐네.

남산골샌님

—고 김 영무 시인을 추모하며

남산골샌님이 천주를 믿으면

마음은 연옥을 지나도
얼굴은 박꽃처럼 희고

입으론 꼬부랑말 해도
가슴은 호박꽃 흙내나

남산골샌님이 천주를 믿으면

오른손 예수를 향해도
왼손은 부처 손을 잡아

진리의 껍질을 벗겨
참됨의 숨결을 익혀,

남산골샌님이 천주를 믿으면

더 없는 큰 빛을 찬양해도
자투리 미물의 소중함 알고

마음 맑은 빛 감추려 해도
은은한 고운 노래 울려 퍼져

우리와 여기서 울고 웃어도
어느새 하늘로 가고 있었네.

영무

넋의 춤으로 구애 없이 하늘을
　넘나들던 그가 어제 돌아갔다

일상서 영감을 얻으며 환호하고
　자연에서 신을 찾던 맑은 정신,

은근한 정 남모르게 이웃에 주던 그가
　지상의 벗 깨우치려 우리 곁을 떠나

악 모르던 그 가슴으로 그리워하라고
　불의 심판을 예고하듯 이곳을 지나
저편으로 마지막 후회 모르는 듯 갔다

병을 저주로 생각지 않아 고통 껴안고
　마지막 평화로운 소망을 율에 담아

남은 이들은 일상으로 이해할 수 없어
　척도 돌아보며 조용히 하늘 우러러.

저편을 넘나들며 노래 부르던
  작은 것들에 도취하던 그가
천국선 어떻게 지내고 있을까?

시인을 위해 무지개를 띄우고 있을까?
  피붙이 그리워 밤새 이슬을 흘릴까?

행복이란

눈웃음이
입가로 번지는 찰나,

사랑이란

엄마가
아길 바라보는 미소,

아니
뒤바뀐 건가?

생명의 서

수만 년 동안을 소리도 없이
  겪어온 시련과 생존의 상처가
수정으로 맺혀 때를 기다리며
  심신을 지키려 현실을 주시해

자라온 작고 큰 의미와 소망
  생명을 이어온 의지와 시선을
시간 거슬러 끊임없이 지켜온
  생명의 힘은 쉬지 않고 솟아나
몸 보살피고 영혼을 돌보는데

수 천 년 동안 황야를 떠돌던
  잊혀진 기억은 숨어 기다리며
스쳐 간 인연 끊임없이 품고
  생명 위협이 있으면 언제라도
홀연히 나타나 자손들을 돌봐

후손은 몰라봐도 사라진 듯
  기다리며 밤낮을 쉬지도 않아

버릴 것 하나 없는 유산으로
　시간을 이으며 목숨을 지켜내,

미물 하나 내 몸 아닌 게 없고
　생각 하나 내 넋 아닌 것 없어
들풀 하나 살점 아닌 게 없고,

핏줄 하나도 숨결 아닌 것 없어
　공간 하나 지각 아닌 게 없고
느낌 하나 감정 아닌 것이 없네.

'생명의 서'에 이렇게 쓰여 있네.
"넋을 돌아보라, 하늘이 보일 것이다"
"몸을 돌아보라, 땅이 보일 것이다"

이제야 알겠네,
이 모든 게 연緣인 것을

즐거운 속임수
—숨결을 지키는 수호자

정지된 사진을 영화로 붙박이 네온을 운동으로
  살아 움직이게 만들어 활력으로 영혼을 위로하는
착각 엮는 이가 없다면 삶은 얼마나 황량할까?

맛 푸는 그가 없다면 생은 얼마나 무미건조할까?
  음 섞어 화음 만들어 세상 사람들을 즐겁게 하는
고운 소리 빚어내는 그가 없다면 얼마나 지루할까?

무한 시공의 망막한 우주 속
  의지할 곳 없는 외로운 행성서
착각의 숨은 위로마저 없다면
  인간은 얼마나 속이 답답할까?

알 수 없는 진화방향, 신 떠나
  덩그러니 홀로 남은 인간에게
속임수 알면서 무조건 조작에
  기대야 하는 허약한 인간에게

심신 지키는 그마저 없었다면
　우린 여기까지 오지 못 했으리.

희미한 변화 있는 듯 없는 듯
　항상 돌보는 그가 없었다면
해탈의 위로 없는 이 세상에
　누가 예로부터 놓치지 않고
예까지 이 생명을 지켜오랴!

　유무에 잡히지 않는 그 있어,
허약한 우릴 붙들어 주누나

착각을 진실, 진실을 착각으로
　서로서로 정성으로 받들며
혼란한 의식을 위로하는 지각의
　틈새가 없다면 얼마나 지루할까?

착각은 생명의 타고난 능력, 생존 위한 적응기술
  유희로 넋 위로하며 생명을 지키는 기막힌 지혜
숨결을 지키는 수호자, 숨은 주인을 만나고 싶다

꿈아 고맙다

—시절을 견디게 한

간밤엔 생전 가보지 못한 좋은 곳으로 데려가
 꾸밈없는 그 멋진 자태 풍부한 유머로 유쾌한
주인공들을 만나보고

번쩍번쩍 샘솟는 기지 떠오르는 즐거움에 취해
 재미있는 시간 보내게
옹색한 삶에 신선한 생기 불어넣는 솜씨 놀라워,

엊그제 악몽에선 죄짓는 현장에서 붙잡혀서
 죽을 고생을 하며 마음 곱게 먹을 다짐 하고,
얼마 전엔 평생 그리던 그리운 부모님 만나
 실컷 울고 불며 생전 큰 불효를 용서받았네.

얼굴 알아볼 수 없는 옛 성인들을 만나서는
 천상의 기쁨을 나눠
색깔과 형체 모르는 신비스러운 느낌만으로
 존재를 깨닫게 하고

형상과 채취만으로도 아름다움을 만끽케 해
면벽의 고통이 쌓여
끝없는 법열로 터지는 찰나의 희열을 맛보고,

깊은 바다 속의 절경을 무중력으로 떠돌면서
온갖 생물과 유영하고
한없이 작은 미물 되어 원자 현기증, 전자로
도는 우주 춤을 추고
천상을 나르는 붕 되어 시원의 골짜길 휘돌아
까마득한 세상을 보았지.

육신 갉아먹는 독충, 영혼 부패시키는 이념,
인간이 겪는 모진 아픔,

타고난 자유로움으로도 율법을 지키지 못하여
벌하는 모습을 보고,

어찌나 독한 내가 나던지 꿈에도 잊지 못할게

인간임을 느껴야 하는 슬픔, 억압 이기고 승리하는
영지에 머물며 이승을 잊지 못하는 베갯속 환상,
언젠가 어린 시절 물가에서 놀던 생생한 모습들이
오래 남아 돌아올 줄이야!

꿈아, 고맙다, 꿈속마다

건네는 깊은 뜻 몰라 쓸데없다 불평이나 하고
행운이나 잡으려한 얄팍한 심정, 어찌 변명하랴,

고맙다, 불안 고통뿐인 어두운 시절 희망을 준
네가 없었다면 그 무엇으로 시절을 버텨냈으랴,

찰나의 광휘, 긴 위안, 이런 호사조차도 없었다면
이생을 어찌 견뎌냈으랴!
평생의 벗으로 살아오며 시절을 견딜 수 있게 한
네 은덕이 더없이 크구나!

생각의 주인
—내가 "나"인가?

의식이 어떻게 흐르는가를 보고 있노라면
　생각은 떠도는 넋의 파편,
내 감정이 흐르는 만화경을 보고 있노라면
　마음은 환쟁이, 요술쟁이,

"나"는 타성의 사슬 밖에서 자유를 타고
　가능의 문을 열려고 하나,
환상과 상상이 스스로 속이는 것조차도
　알 수 없는 뇌의 유희 속

자유의지 알 수 없는 신경전류 소용돌이로
　빚어내 오만함으로 굳은
신념, 주체, 인격, 믿음, 관습 엉킨 허깨비.

나라는 넋이 신을 의심하고
　확신에 찬 관념은 신념의 나를 우롱하는데
무엇이든 만들 수 있는 뭐든지 감출 수 있는
　영상 놀이는 과거를 조작,

떠도는 의식은 날 그대로 내버려 두질 않아
　찰나로 빚은 여기가 불안한
심신을 관리하는 주인은 나를 믿지 못하여
　의도 어긋나면 약점 들어내

내가 정말 "나"인가?
　의문이 점점 더 무거워진다.

“나”라는 유령

사제의 대담한 주장으로 하늘로부터 내게로 모든
　권세와 의무가 한꺼번에 어깨에 무겁게 드리워져

모든 행위, 욕망의 근원을 생각하고, 또 만족하며
　긍정하고, 혼자 의미를 찾고, 축복 얻어 구원받는

나를 외톨이로 만드는 핵
　분열이 시작되어 수도 없이
　　조각난 어두운 유리벽에 갇혀
　　　소통하고 인정할 수가 없어
　　　　홀로 된 외로움에 파묻혀서
　　　　　영혼은 시들어 병이 드는데

　　　　　세상 아우른 신의 넓은 가슴
　　　　서로 나누던 정, 받들던 의
　　받쳐주던 믿음이 사라지는 때,

전체 아우르는 힘 희미해지고

은총 사라져 사랑, 믿음, 소망
없는 진실은 구원할 수 없어,

영상 속 상징의 이리떼 들끓는
황야 가운데서 말은 힘을 잃고
합리는 이익을 낚는 바늘일 뿐
의심의 눈초리 벗어날 수 없어

오늘도 서로가 우리임을 잊은 채
저주의 쳇바퀴를 돌리고 있구나!
힘에 부치는 자신을 모른 척하며

전쟁터

—생각의 짐, 의식의 괴로움, 마음의 덫

내 뇌 속은 정복자들의 전쟁터, 온갖 속임수 창고, 광기의 산실, 질투, 집착, 욕망, 분노, 편견, 우상, 포르노, 폭력, 악취 풍기는 구린 것들과 향긋한 것들이 쌓인 쓰레기장, 떠돌아다니는 구호, 뭐든지 갈라 치는 포악한 개념들, 진리라는 독선들, 과학이라는 미신, 우주 기원, 별, 하늘, 세계, 국가와 민족이라는 빈 도구들.

존재를 요구하는 영상 유령들, 언어의 수렁, 조작된 소리, 기계 소음들, 생리를 파괴하는 화학 물질, 불안으로 일그러진 심신, 벗어나지 못하는 강박 관념, 예술이라는 사기, 옥죄는 기득의 권위, 세뇌된 의식, 교육받은 편견, 허상 유토피아, 종말로 위협하는 묵시, 정보 쓰레기, 합리라는 권력, 정치, 이념, 상징, 통계 조작, 최후의 심판, 구원, 부활, 해탈, 극락, 미래, . . .

온갖 걸 머리에 얹고 살아야 하는 우리는 힘들어 때로는 천근의 무게, 때로는 무중력에 시달리며 온갖 쓰레기더미에서 의미를 찾아야 하는 괴로움, 스스로 만들지 않은 잡것들에 짓눌리어 삶 찾아 영혼을 지키는 기약 없는 행동을 끝없이 반복하나 어느새 들어와 있는 것들의 자동화된 힘에 눌리어 바퀴를 돌리려 안간 힘을 쓰며 혼신을 기우려야 하네!

나.

비밀

흐르는 모래밭에 새긴 상형 편지
　파도에 띄워 파문의 결을 건지고
비수 더하고 우정의 상수로 나눠
　타인들은 알아볼 수 없는 값으로
희망을 새기던 어린 추억의 물가

남들은 알 수 없는 은밀한 말로
　마음 열고 정 나눠 기쁨이 솟아
맹세로 다짐하던 삶은 진지하여
　순수한 의미는 더럽혀지지 않아
명줄 잇는 온몸엔 생기가 넘쳐,

알사람 없는 보물 가슴에 살아
　선한 마음 삶의 일상에 스미어
소박과 긍지로 가슴 뿌듯하던
　아무나 가질 수가 없는 비밀들
노출로 훼손할 수 없는 원뜻을
　순결한 맑은 마음으로 간직해

넋은 타고난 순일을 잃지 않아
  삿됨이 침범할 수 없는 의식엔
희열이 흘러넘쳐나 감추어놓은
  씨앗은 무언으로 움이 솟아올라
꽃향기 피우며 열매를 기다려,

누가
"모든 걸 살 수 있다."
"은밀한 진실은 없다." 우기는가?

꽃은 꽃대로 향기를 피워내고
  풀벌레는 풀벌레대로 노래해

가슴에 간직한 커다란 기쁨은
  나눈 이들만이 아는 거라네.

놀라운 존재

인간은
성스러운 존재로
태어나는 게 아니라

하늘의
놀라움 받아들여
성스러운 존재가 되고,

인간은
아름다운 존재로
태어나는 게 아니라

타인을
진심으로 섬기어
아름다운 존재로 되고,

서로를
사랑하는 힘으로
놀라운 존재가 되누나.

미모사

—은장도를 지니고 사는.

초록의 계절을 수놓으며
　고운 연분홍빛의 화사한
불꽃으로 유혹하는 풀꽃

수줍어
　눈길만 줘도 움츠러들고
입김 스쳐도 소스라치는

작고 여린 미모사 꽃도
예리한 장도를 지니고 사네.

삶의 속살

아침에 일어나면
고통의 흔적들이 여기저기 보인다.

두려운 악몽, 좌절, 죄의식, 폭력,
경쟁, 질투, 질병, 죽음, 그리움,

인생은 얼마나 모진 삶의 전쟁터인가?

육신의 고통, 존재의 슬픔,
예리한 비명 새긴 기억들

삶은 얼마나 치열한 넋의 싸움터인가?

학습된 잔인, 의도된 위선,
악마의 유혹, 천사의 절망,

끝 고대하며 한낮의 죄악 지우려 구원 부르나,
상처는 망각을 모르는 듯 혼 풀어놔 주지 않아

진실의 시간, 숨결의 의미,
고통의 깊이, 생사의 얽힘,

얼마나 많은 시련이 넋을 단풍들게 하였던가?

내던져진 험난한 인생을 숙명으로 살며 속절없이
시공의 좌표서 겪은 생의 아픈 흔적들이
내 생의 보물임을 이제야 알겠네.

숨겨놓은 눈물 불러오는 고통이 내 삶의 속살임을
이제서 비로소 깨닫네.

제2부

여행은 순례가 되고

pilgrimage

몽생미셸
—남불 여행

1
대서양 동쪽 지상과 천국 사이
　간이역으로 순례를 떠난다.

악의 씨앗을 부수고 온갖 죄악을 씻어
　혼의 영지로 두둥실 떠나갈 수 있게
낮의 고통을 정제해 바다 속으로 보낸
　해맑은 아침 태양 더없이 거룩하구나!

흩어져 떠도는 넋의 때와 소음을 파도에 씻은
　시작과 끝, 빛과 어둠의 경계에 피어나는 무늬

밤낮을 간섭받지 않는 깊숙한 고요 속 율동은
　넋 일렁이며 의식 깨워 고착 지우고 껍질 벗겨
불길 끊고 관성을 끊어 시원으로 돌아오라 해,

세파 씻어내는 소금은 부패와

헛것에 시달리는 영혼을 씻어
마음은 시원의 빛으로 맑아져
땅을 비추고 너를 비춰 순결한
옛날 얼굴로 되돌아오는 너의
순수한 본래 모습 아름답구나,

긴 파도를 넘고 또 넘어서
무릎까지 오는 갯벌을 걸으며
노을 속에 물드는 얼굴에는
형언할 수 없는 종소리 퍼져

망상은 종소리 맞고 흩어져
열린 가슴 두개골에 메아리쳐

텅 빈 충만으로 넋은 적멸에
몸은 성스러운 황홀에 드는데

파도의 성결 의식 끝이 없어

무리들은 물결치며 몰려오고
무시부터 젖줄 잇는 정성으로
탯줄 감싸지 않으면 시간 끊겨
잇고 이어야 하는 업보를 따라
생명은 오고 또 오는 사람의 몫.

숨겨진 염색사의 가는 줄기에
갈무리한 희미한 기억으로 지난
오랜 세월 숨결 아끼고 보호해
의식의 방패와 성스러운 순결로
강철보다도 질기게 연緣을 지켜
우리들이 지금 여기에 서 있네.

2
솟아오르는 거룩함으로 성은 빛나
넋 고향 찾아오는 순례자들은 길게
영혼의 생명줄 이으려 서로 이끌어
안개로 가리면 성은 신비스러워지고

번뇌에 불을 지펴 장엄해진 노을로
  해인의 바다는 태초의 고요로 붉어

욕망의 거품 흩어뜨리며 쉬지 않는
  거친 바람과 파도의 진지성을 지닌
의지는 독을 희석시키는 정화의 힘,
  낮은 형태로 성스러움에 이르는데

밀물을 타고 영혼에 스미는 기도는
  부드러운 바람에 섞여 하늘로 솟아,

갈매기에 실린 넋 수평선 지나 사방으로 흩어져
  무한 공간은 혼 영지인 내면으로 향하여 어느새
간교한 지능은 힘 잃고, 말과 지식은 허울 벗어

교란하는 말은 흩어져 자의 성벽 허물며 사라져
  물결 위에 뜬 역은 거룩해져 욕망 벗어난 인간은
빛으로 서로 비추어 결핍의 기억은 점점 희미해,

소유 사라진 정신은 폭력 잊어
　조작된 덫으로 스스로 얽매던
이익을 빙자한 폭력이 사라지자
　평화는 쟁취하는 것이 아니라

자연의 아름다운 속성으로 태초
　순박함으로 다시 돌아오는 것.

3
순례자의 고됨은 축복을 받아
　하늘 길 항구서 휴식을 취하고
영지 항해하는 역정 고단해도
　희열은 지상 가치에 구애 없어

지고의 희망에 도취하여 상승
　천상의 의미에 심취해 스며드는
영혼의 자리는 신선한 빛으로
　심신 닦으며 등대의 불꽃으로

천당과 지옥을 이어주어 여기
　인간의 잘못을 사랑으로 푸는
천상과 지상 잇는 계단 위엔
　세파 닿을 수 없는 길이 열려,

인간 힘으로 어쩔 수 없는 파도는
　결정할 수 없는 순간으로 일렁이며
의식의 바닷가에 어휘를 늘어놓아
　진주를 줍는 사람들이 잡을 수 없는
작은 이야기는 흩어져 얼마나 많은
　눈물이 쌓여 이렇게 소태처럼 짤까?

노을로 빚어진 빛은 사색 키우는 등불
　혼 불 열기는 악몽의 독을 꿀로 정제해
잔인한 꿈의 정원에서 향기로 피어나
별이 뜨면 그 힘으로 혼은 다시 떠올라
　거품 가라앉는 곳엔 수정 해인이 펼쳐져
생명을 기르고 꿈 부르는 깊은 곳으로

계절을 불러오고 철새를 불러와 만나는

하늘 역엔 천둥 번개가 불꽃으로 피어나
죄진 게 없어 두려움 없는 이는 평화롭게
하늘 이야길 듣고 바람 전해오는 운율로
여명의 순박함으로 돌아가 희열에 드는데

별만큼 많은 갯벌 생물들은 시원으로부터
생명을 기르는 보금자리로 진화 역정 거쳐
파도 출렁이는 무의식 요람으로 넋을 따라
거슬러 올라가면 숨결이 기지개를 펴던 곳

저 수억 년 동안 넋의 꿈으로 생명 키우던
모태의 자궁 꿈의 바다 속엔 혼이 살아가.

4
파도는 옛 이야길 의식 그릇에 담고

생의 신비한 체험으로 무의식 문 열어
반복되는 순환은 망각을 막으려하나
은밀히 간직한 씨알 부호 알 수 없어

역사는 오늘도 시행착오를 반복하며
넋 흐리고 의식 혼란케 고통 더할 뿐
바다 위에 성전 세운 뜻 알 수 없고
빛의 중심에 세운 이유를 알 수 없어,

생사가 서로 서로에 의지하며 펼치는
긴장과 활력으로 힘과 지혜 들어내는
의식 성소가 자리 잡은 이유를 몰라
난반사 잡음이 어둠에 묻혀야 깨닫는

빛 경계에 넋의 진실 드러나는 시간,
길어지는 신비스런 석양 마력은 이미
단색으로 영원을 어둠으로 형체 줄여
넋은 태초의 동심으로 또다시 돌아와

생성소멸의 연기 고리 풀어놓지 않는
　숙명이 이곳에 이르는 길임을 깨닫는
자리 들어내 선악의 부질없는 차별이
　고통의 헛된 씨앗임을 일깨워주는데

구름의 온갖 형상 파도의 힘찬 운동
　수많은 생명의 의도를 펼쳐 보이며

끊임없는 의욕과 의지로 일구어가는
　삶의 동력은 시공 넘어 넋에 다가와
거듭 태어나는 생의 비밀을 전하며
　희망으로 또다시 가슴 부풀게 하나,

빛의 거품 위에 떠도는 형상들, 언제
　사라져버릴지 모르는 수정에 뜬세상
그림자가 실제를 위협하는 커진 화면
　가속하는 영상에 사고가 침묵하는 때

저 높고 혼란한 파고를 어떻게 견뎌내
　영혼의 성소를 지켜낼 것인가?
마지막 등불을 누구에게 전할 것인가?
　(흔들리는 범선의 돛은 펴지나,
　　영상 바다에 희미해지는 푯대)

빛의 폭풍 속 넋의 미래가 위태롭구나!

사랑의 힘
—시베리아 횡단 여행

사랑스럽게 쳐다보는 천진스러운 기쁜 모습
　시선 가득히 정다운 얼굴로 딸을 바라보며
사진을 찍는 아버지의 미소에 사로잡혀서

“아, 저게 이 사회를 지탱하는 힘이로구나!”
　클레물린 궁전 밖에서.

사랑이 영혼을 맑게 하는 샘
　세상을 떠받드는 힘줄인 것을
무심히 행인에게 전하는 모습

들에 피어난 풀꽃처럼 아무런
　의도 없이 아름다움을 발하는
즐거움이 구원인 것을 자신도
　모르게 전파하는 행복한 사람.

이념 신분 없이 함께 살아가며
　물기 나누는 나무처럼 숲을 가꿔
때 묻지 않은 시베리아 초원엔

야생화들이 홀로 혹은 무리 지어
별천지를 이루며 욕망을 여윈
시원의 아름다움으로 위로하는,

미소 속 샘으로 솟아 맑은 선으로 인도하며
타고난 빛으로 주윌 밝히는 꽃다운 아름다움

서로를 향하는 사랑이 영혼에 다가와 감싸며
감춰진 자비를 불러내 상처 어루만지며 본래
순수한 선한 모습으로 다시 태어나라 하는데

세상에 더 소중한 것 있을까?
의도 없이 기쁨 전하는 들꽃.

내면의 빛이 흘러나와 퍼지는
행복은 혼자만의 것이 아니다.
동토의 황야에서 얻은 축복,
목적 없어 소중한 행복이여!

백야
—시베리아 여행

넓고 넓은 대지의 수평선樹平線에
　밤을 잊은 빛이 얕게 깔리며
극지의 황홀로 넋을 위로해

자작나무 바다에 달이 뜨면
　서글퍼지는 시베리아 숲속
소나기를 뿌리는 된 소리는

온 영혼을 움츠러들게 하고
　들짐승들 울부짖는 소리는
두려움으로 야성을 불러내,

잠 못 이루는 통나무침대엔
　쇠붙이 없던 시절의 고요한
진화의 긴 파노라마를 펼쳐

곁에서 들려오는 나무 숨결은
　금속성폭력을 잊은 듯 생명의

원형 넋의 자리 다시 찾아줘,

낮과 밤의 이분법 벗어던지고
　극지의 자유로 혼의 영지 넓혀
어둠과 빛의 무한 경지를 열어

질박한 통나무집, 신비의 오로라
　만년 잠들지 않는 살아있는 영지
시원부터 이어온 유희, 찬란하다!

바이칼 호

—시베리아 여행: 김지하 시인을 그리며

모태의 영원한 안식을 찾아
  온갖 풍상을 뇌리에 새긴 채
넋의 고향으로 다시 돌아와
  내 영혼의 치유를 기원하네.

갑자기 휘몰아친 자연 재앙
  고향 버리고 가야 했던 충격
아련한 상처가 회귀 부르고
  가혹한 시련이 향수를 부르는
넋의 샘 찾아서 여기 왔네.

기약 없이 동으로 희망의 땅을 찾아서 떠나던 기억,
  끝없이 생존에 몰두하면서 한시도 잊은 적이 없어

거친 산, 들, 강, 호수 건너 모진 시련 겪으며 혼은
  상처 입고 멍들어 일그러진 흉측한 몰골로 돌아와
초혼 되찾는 힘 얻으려 맑은 물에 아픈 넋을 맡겨.

물과 바위에 성聖이 깃들고
　천지 온갖 것에 혼이 깃들어
넋 어린 산과 들이 하나로
　영혼이 찢기지 않은 옛 고향

신비스러운 샤만의 중재로 만물이 영혼을 살찌우는
　호수 위에 뜬 소박한 섬, 양수 부력으로 평화 즐기는
아픈 상처 어루만져주는 넋의 자궁으로 다시 돌아와

버리고 간 고향에 정화를 비는 마음으로 이제 찾아와
　업보 지고 인당수에 빠지려 천년을 돌아 여기에 섰네.

짧은 영원
—스페인 세비야, 톨레도

회교 사원을 점령자의 성당으로
　폭력이 빚어낸 흔적은 종교라는

하늘 차지하려는 음모로 가득한
　핏자국을 감추며 천국을 꿈꾸고,

힘의 무자비 시선의 잔인함으로
　타는 목마름 신기루로 다스리며

왜곡된 현실을 신에게 전가하는
　종교는 영혼을 보호할 수 없어,

희생된 수많은 잔해가 흐르는
　환상의 늪 속으로 빨려 들어가

부유물로 천천히 가라앉으며
　오래된 찰나의 기적을 만난다.

이 작은 조각들이 혼을 낚는
권세(세월)의 미끼이었구나!

루이스 호수

—캐나다 로키 산맥 여행

만년 묵은 육중한 빙하로 빼 깎은 물 숲과 어울려
　호수는 젖빛으로 물드나 천년을 벼린 예리한 수정
푸른색으로 호수가 살아나며 어느새 하늘과 맞닿은
　환상의 웅장한 에메랄드 세상이 소리 없이 펼쳐져

응축된 시간이 숨결의 배경으로 깔리는
　달리는 산맥, 뛰노는 동물, 꽃 피는 식물
　　숲에 가리지 않은 본래 모습을 드러내며
　　　탄성 잊은 듯 조용히 저만치서 평화로워

　　　정적과 부동, 고요와 평화가 잘 어울려
　　빙하로 저장된 시간은 태초의 모습으로
　관성의 무쇠 바퀴를 지키듯이 미동 없이
조용히 저만치서 구애 없어 자유롭구나.

빙하와 바다 사이 인간은 물과 흙, 조상을 먹고
　시간을 되새김하며 사나 역사를 잊은 듯 자연은

저의 길 묵묵히 걸으며 행복이 안 보여도 무심해

출렁이는 호수에 만년설이 아득히 드리울 때면
　세월을 어둠에 묻은 산은 얼굴을 붉히며 말 없어
숲도 나신 드리운 채 누워서 별들과 마주 보고
　구름이 실어다 주는 뭇 형상으로 이야기를 엮어

시원의 별천지에 펼쳐지는 신비는 경계를 잊어
　모진 관습의 사슬을 끊고 꿈과 어울려 하나 돼

빙하, 산, 호수, 식물, 동물, 제 시간을 누리는
　자연의 진실 앞에 서면 작고 여린 목숨붙이들은
비밀 먹음은 듯 빙하 가에서 빙그레 웃고 있다
　응축된 긴 시간조차 별 뜻과 의미가 없다는 듯.

한 잎새

—열대 여행

바람 한 점 없는데 사뿐히 잎이 떨어진다.

둘러보아도 짙은 녹색 잎 풍성한 나무들뿐
　누군가 노래한 마지막 잎새는 보이지 않아
찬바람 휩쓸어가는 거센소리, 눈발이 묻은
　휘날리는 바람도 없는데 잎이 혼자 떨어져

낙엽 걷어가는 무자비한 찬 서리도 없고
　잎 하나로 온 계절을 쓸어가는 폭력 없어
시인은 하나에 모든 걸 걸지 않아도 좋아
　잎새 하나로 모든 것이 끝 인양 과장하는
저 북반구시인은 철학자를 닮아 과감하다

소리 없이 떨어지며 숲 전체를 울리지 않고
　나무 잎새 하나로 죽음을 슬퍼하지도 않아
아우성치며 탄식하거나 우울해할 일도 없어
　홀로 조용히 떨어지며 제 시간을 음미하는
관조를 넘어서는 진지함으로 생에 다가와
　매년 호들갑을 떠는 이들을 부끄럽게 한다.

온갖 잎들이 요란하게 천지 물들이며 모두
　세상의 끝인 양 떠드는 위선이 여기엔 없어
속으로 화려한 봄꽃 잔치를 그리며 겨우내
　할 일 없이 꿈이나 꾸는 나무도 여기엔 없다

신들의 섬
—발리

근원으로 얽힌 시원의 깊은
　인연을 한시라도 뗄 수 없어
집집마다 성스러운 신전에
　하루에도 수차례 정성을 바쳐

무조건 선한 신만 찬양하면
　악한 신의 분노 막을 수 없어
모든 음식과 공간을 조금씩
　나누어 바치면서 달래는 정성

이곳은 모든 것이 조화로운
　여러 신들의 평화로운 안식처.

모순 없이 어울려 성스러운
　운명 뒤 엉킨 연기의 사슬은
누구라도 배척할 수가 없어
　차별 내려 가리지 않는 전통.

모두 절대 진리를 강요하면
  의식은 고여서 독이 돼버려
인간을 지배하려 키워놓은
  오만해진 힘은 넋을 상하며

성스러움마저도 일그러뜨려
  비극을 헤아릴 수 없는 시간,
편의 덫에 사로잡혀 멀어진
  시멘트 정글 속에 갇힌 우리.

누가 더 행복한가를 물으면
  너는 선뜻 대답할 수 없겠지
계산부터 해야 할 터이니까

  사과가 넋을 유혹하는 시간이
이 작은 섬에도 찾아오겠지!

무지개 유혹
—나이아가라

보라!
　옥 수정 다발이
육중한 힘으로 부서져
　비명을 남기고 흘러간다.

온갖 곳을 누비고 와서
　한 소릴 내고 흩어지는
저 수많은 절규와 커다란
　함성은 누구를 향한 걸까?

맑은 넋이 힘찬 물살로 넘실대다
　미련 없이 기쁘게 춤추듯 떨어지며
부르는 거부하기 힘든 무지갯빛 유혹

천만 물기둥이 가슴을 수없이 두드려도
　난 왜 이렇게 티끌에 미련을 갖는 걸까?

넘실대다 서슴없이 다투어 자신을 던지고

빛 속살, 맑은 희열, 오색 물보라로 솟아

순간이 영원으로 천 길 채색 드리우는
통로로 들어오라, 들어오라 부르는 손짓,
춤추며 솟아나 무지개로 피어나는 환상,

아, 어쩌면 저렇게도 아름다운 유혹일까?
흐르는 안개 속에 피어나는 저 큰 유희
흐르는 물살 속에 피어오르는 환희 합창,

힘찬 생명 소용돌이가 푸른 황홀경 속으로
만나야 할 임 있는 듯 맑은 살결로 춤추며

돌아보지 않고 돌아간다, 무지개 걸어놓고
나이야 가라 나이야 가라, 나 여기 머물려내.

제3부

덧없음

fleeting esthetic

덧없음

—돌아서면 슬픔뿐인 것을

눈물 머금은 아름다운 선율은 운명을
　저항할 수 없는 리듬은 시간을 드러내
이편의 연민 저편의 애련으로 피어나

왜, 우린 서럽게 고운 아름다운 사랑
　삶의 기쁨 어디에 두고 덧없이 헤매나?

찰나의 진실이 아름다움에 숨어 오면
　여린 숨결은 황홀한 슬픔 감출 수 없어

정지된 것과 흘러갈 것 사이 커지는 괴리
　저편의 일별은 아쉬움 더해
영원할 수 없는 아름다운 생에 전율하며
　이미 와있는 이별이 서글퍼.

덧없음이 애처로워 영원 빛에 눈물이 솟는
　신성 문턱에 기쁨은 성스러울 수밖에 없어
끝없이 흘러나오는 아름다운 떨림에 취해

순간과 영겁이 수렴하는 지금 여기 무한한
  우주로 반향 하는 찰나에 흘러내리는 눈물,

여기 무엇을 더 바라랴,
  아름다움은 반복하지 않아
    돌아서면 슬픔뿐인 것을.

음音

환상의 자유 만끽하며 생의 깊이 전하는 선율
공감으로 마음을 펼치며 화음으로 전하는 의미

찰나는 영겁의 숨결, 진실은 누구의 소유 아닌
살아서 숨 쉬는 생명의 희구임을 전하는 사자

창조와 순환으로 흐르는 고운 숨결은 이승과
저승을 오가며 무변의 소망인 구원을 향하여,

결과 숨결이 하나로 섞인 음
어울림으로 사랑을 드러내며
애간장서 솟는 가락 가슴 울려

무진의 변환으로 이미 영혼이
영원에 들어와 있음을 알리며
시간 유희의 덧없음을 일깨워

타고난 모습으로 되돌아와
소망을 부르며 시공을 넘는

희열과 도취로 세상을 살라해,

여러 음이 섞여 화음 일궈
연주자와 청중이 자신을 잊고
용광로 속 녹아 하나 되는
소리는 개인 소유가 아니었네.

대금

자궁 속에 들어앉아

이 끝서 저 끝 울리고
이 세상서 저 하늘로 가는
속 깊은 울림은 네 꿈이로구나,

하얀 젖줄에 매달려

젖꼭지서 여린 입으로
실핏줄에서 속살로 흐르는
선홍의 빛깔은 네 정이로구나,

가슴 속으로 들어와

이 맘 서 저 맘으로
이승서 저승으로 울리는
사무친 서러움은 네 한이로구나,

통곡이 선율로 솟아

텅 빈 가슴 울리며
뼛속 애간장 어루만지는
구슬픈 곡조는 네 혼이로구나,

발가벗은 채 세상에

울음으로 태어나
하늘로 돌아가는 맑고
고운 영혼의 소리 아름답구나!

아름다움엔

—순수함이 넋을 정화한다.

기쁨이 있어 친근하고 생의 숨결이 있어 발랄하고
  신비로운 마력으로 우리를 부르며 성스러움으로
우리 영혼을 붙들어 준다

아름다움은
  어디나 있어 친숙하고 고독 속에 있어 숭고하며
찰나 속에 있어 슬픔이고 눈물 속에 있어 기쁨이며
  생명 속에 있어 사랑이다

아름다움은
  자연 속에 있어 순결하고 변화 속에 있어 살아있고
사랑 속에 있어 영원하고
  균형 속에 있어 평화롭고 욕망 밖에 있어 무심하고
소유할 수 없어 소중하다

아름다움은
  믿음 속에 있어 경건하고, 참됨 속에 있어 착하고

시간 속에 있어 희망이고, 영혼 속에 있어 강건하고
　모든 곳에 있어 신적이다

아름다움은
　말과 글로는 표현할 수 없는 의미
어디에도 메이지 않아 살아있는
　치명적인 순수함으로 넋을 정화한다.

다섯 번째 소리
—숨은 진실의 승리

각자 타고난 소리로 음을 합치고 섞어 넣으면
　숨겨진 신비로운 음색의 무늬가 불현듯 나타나
완벽한 화음의 아카펠라는 숨겨진 소리를 낸다.

겉 섞어 어울린 것 제하고 나누어 보아도 깊은
　속 알맹이 계산법 몰라 완벽한 사고는 불가능해
겉모양으로만 나누어 버리면 속의 진실을 잃어,

차별은 방편일 뿐, 각기 속내끼리 어울리는
　드러나지 않는 현상은 시각에 잡히지 않아
때때로 결점 하나도 없는 완벽한 계산으로
　부족함이 전혀 없는 듯 완전한 신의 힘을
빼앗은 양 오만하나 모순과 모순을 섞어도
　참모습이 드러나고 이상과 이상을 섞어도
인간 눈으로는 못 보는 숨겨진 모순만 남아.

세 번, 네 번째는 제 눈으로 볼 수 있을 뿐

그것을 넘어서 온몸으로 느낄 수가 있어야,
형상은 시선을 위한 것, 말은 영혼을 위한 것
인간 모으면 넋 모습, 관습 모으면 신 모습
형상으로 오롯이 드러나며 벗어날 수가 없어,

예술 모아 놓으면 혼의 의도
마음에 나타나 우리를 사로잡아
속으로 알아버린 숨겨진 진리
들어내지 않아 스스로 웃을 뿐

지식의 그물에 잡히지 않으면
없다 주장하는 인간 믿지 못해
숨겨진 비밀의 기쁨을 맛보고
말과 글로 다 전할 수는 없어도

진실을 찾아내는 추구의 깊은
　즐거움을 알 사람이 없다 해도
사람들의 시선을 탓하지 않고
　의미 찾아내는 기쁨으로 살아

지식의 한계 의식 역치 밖에
　흔적 없이 존재하는 것들 있어
우주를 모르게 떠받쳐 세우며
　속살인 진실의 또 다른 숨겨진
모습을 언-듯 언-듯 들어내

완벽하게 나누는 개념은 없어
　지식은 폭력 되어 세상 가르며
성전 세우고 바벨탑 높이 쌓아
　조작된 형상으로 윽박지르면서

확실한 것들을 구하나 인간의
　의도 없이 나온 조화로운 소린

보이지 않는 숨은 진실의 승리.

숨겨진 음색은 숨은 채로 섞여져
　네 남성의 음성을 모으면 숨겨진
여성 몫의 목소리 홀연히 나타나
　고운 음색으로 제 모습 드러낸다.

말러
—Adagietto

그윽한 향기 흐르는 대지
　영기와 지기 흐르는 대하
끝없이 흐르는 소리 은하

고통으로 찢어진 영혼이
　선율의 축복으로 정결해지면

기쁨 슬픔 넘는 소망으로
　모두를 껴안는 자비 드러내

천지는 거리를 잃고
　시간은 공명으로 다시 인다.
텅-빈 여린 가슴에

베토벤

애끓는 눈물, 고통 낱낱이 불살라
환희로 빚는 화음은 임의 권능인가요?

넋의 고향에선 그리운 정이 하늘
생과 죽음도 한음 한 소절로 울려
소망의 언덕서 연민으로 부르나,

우린 눈물 타래로 엮은 구원의
다리를 놓다가 다 떠내려 보내고
이젠 나루터조차도 잊었습니다.

지금 여기 당신을 그리워할 뿐
광속의 영상에 사로잡힌 우리는
찰나가 또다시 태어남을 잊어,

시간의 경계 없는 곳에 계시는
불멸의 당신께 눈물로 고합니다.

우리는 영혼 잃고 여린 소리 안에
열반이 있음을 잊었습니다!

승화

—생의 3악장

가슴 가득히
  용광로로 끓는 애를
구슬픈 색깔로 수놓은 상처들,

생의 계절을 어우르고 세우며
  넘어서지 못하는 갈등의 아픔

고통만이 진실인 소용돌이 속
  오열로 녹아 승화하는 가슴에
희망과 약속을 영원의 빛으로
  슬픔을 삭이는 선율로 피어나,

“불을 높여라, 압력을 높여라”
  고통이 금강석 되는 화신의 영광.

살아있는 생의 율동,
  상처만큼 깊은 고통,

아픔만큼 짙은 빛깔,
슬픔만큼 찡한 울림

화음으로
조화를 이룬 저
환희의 대 합창으로,

고뇌와 사랑, 미움과 기쁨,
죽음과 부활, 절망과 소망,
모든 걸 섞어야 피어나는
영혼의 웅장한 아름다움

온 세상을
공명으로 울리는
넋의 떨림(律)이여!
울려라, 모든 이의 가슴에.

에로틱한 모험
—레깅스

"캉캉이 도심을 점령하다"

쭉쭉 뻗은 육신의 맛을 무시로 즐기려는 열망은
화려한 유혹의 빛발하며 거리에 활기를 불어넣어

욕망 젓가락은 탐닉의 몸짓으로 거리를 누비며
대리석 기둥에 원심력 경계를 긋고 성전에 기대

늑대가 침범하지 못하게 진한 향기 터부 뿌리며
에로스 금지구역을 설정해 부질없이 방어벽 쌓는
몸짓은 오히려 더 큰 유혹, 자랑스러운 첫걸음을
내딛는 젊은 몸짓은 날렵한 단검의 저돌성을 향한
흐벅진 허벅지의 신선함으로 뇌쇄적 힘을 발휘해,

교활한 이성의 냉혈적인 검열을 거치지 않은 듯
사랑 고속도로를 달리는 싱싱하고 건강한 첫걸음

무릎을 감추는 유혹, 가슴 빵빵한 마력의 힘으로
이성을 미리 녹여 놓아 순수한 욕망과 가느다란
거미 다리의 숨겨진 성적집착은 식욕의 원천으로

위선적인 금기는 헛된 자위를 역설적으로 과시해

진정 원하는 건 군살 없는 칼날로 육신과 영혼을
깊게 상처 내줄 억센 힘줄 다발 굶주린 허기 채울
예리한 근육질의 날선 다리를 찾아 거리로 나선다.

결핍을 치료하는 에로틱한 모험은
리비도 가득한 무의식적 매혹이어야 하니까!

울림

선율로 피어나
  뱃장, 가슴과 두개골 안팎을 고루 훑으며
빛, 색깔, 율동, 형상을 구분하지 않는 공명으로
  하나 되는 신비,

그리움 솟아나
  울림으로 떨며 소리 길을 열어 메아리로
만인에 전하며 경계 모르는 마음을 펼쳐

스미는 평화는
  찬란한 화음으로 온 세상에 울려 퍼진다.
치유와 구원의 멜로디, 환희의 송가로

혈 목

—박 일순 작, 어머니의 정원에 부쳐

흩뿌린 핏방울이 꽃송이로 피어나는
　슬픔으로 치켜 올린 붉은 빛의 신성함이여!

솟아오르는 그리움 무엇으로 무한 정情을 담으랴,
　승천의 아픔으로 피어 타래로 이어지는 보고픔에
하루에도 몇 번을 풀었다, 또 감는 푸른 연緣이여,

끊어야만 하는 운명, 갈가리 찢어진 육신,
　수제비로 떠낸 심장, 선홍빛의 장엄한 혈 목,
가슴앓이로 끝도 없이 타오르는 생명수여!

마이크로 홈
—우 순 옥 작품전에 부쳐

살닿아 피어나는
　전등傳燈의 신비

문신 지펴놓고
　저리 빛나고 있구나,

혼 불로 피어나는
　인연의 신비

지혜와 번뇌로
　너를 기다리고 있구나,

하늘만한 황홀로
　존재 드러내는 차별 여윈 여여,

온기 품은
　티끌의 소망은

의미 찾아 헤맬
　너를 기다리고 있구나!

미켈란젤로 천사

—튜닉 나체 전에 부쳐

벌거벗은 수천의 남녀가 부끄러움을 잊은 채
　큰 광장으로 모여들어 가랑일 하늘로 벌리고
새로운 호기심에 흥분 안보는 척 힐끔 엿보며
　역사적 사건 증인으로 남고 싶은 욕망 부추겨

성기와 음부의 독점권을 포기하라는 나신의
　외침은 의상의 허구를 벗기고 신분의 가면과
의식의 위선을 벗기어 진실을 드러내는 축제.

역사는 고통, 환희, 저주에 무엇을 더하려는 걸까?

정체성을 제물로 의미마저 지우려는
　일상의 기만을 떨쳐버리고 싶은 욕망
기억으로 남고 싶어 몸으로 소리치는
　시선에 대한 열망과 서글픈 인정認定.

서로를 구경거리로 즐기며 권위의 허상을 드러내

수식어가 무의미한 성적 강박을 벗어나려는 몸부림

신체를 저주하는 종교가 저지른 죄악을 거부하며
천년의 독선적 가치를 해체하라는 군중의 헹가래,

"미켈란젤로 천사들을 보라!"
"몸은 무죄다"

당신은 저들의 절규가 들리는가?

황홀한 슬픔

찰나 머금은 아름다움의
　저항할 수 없는 마력에 진한
그리운 연민으로 아쉬워

아름다워서 서러운 사랑
　짧은 생 어디 두고 왜 우리는
끝없이 헤매야만 하나?

영원, 찰나는 고운 속에 깃들어있어
　저편의 일별은 이편에 괴로움을 더해

흘러갈 것과 남을 것 사이 괴리 커져
　영원할 수 없는 아름다움에 전율하며
이미 들어와 있는 죽음이 서글프구나!

찰나와 영원이 아름다움에 숨어서 오면
　여린 넋은 황홀한 슬픔을 감출 수 없어
영원 빛에 눈물 솟고 덧없음에 가슴 아파,

신성 문턱 찰나 희열에 슬퍼질 수밖에 없어
흘러나오는 아름다움에 하늘 숨결 느끼며
몸의 축제 잃을 영원한 아픔을 홀로 달래는

찰나와 영원이 만나는 지금 여기,
무한 시공이 수렴하는 지금 여기

영겁 머금어 빛나는 찰나 속
무한 우주로 반향하는 아름다움

무엇을 더하고, 무엇을 바라랴?
아름다움은 반복하지 않아
돌아서면 모든 게 고통뿐인 것을.

자궁
—속 깊은

후각은 기폭제
　간교한 향이 무의식으로 스며들며 순간
온몸을 사로잡아

눈짓은 인계선
　영혼에 불붙이면 온몸에 기쁨이 솟아
몸짓은 도화선
　능선이 리듬을 타면 몸이 하나로 섞여,

욕망이 화약처럼
　커다란 희열로 폭발해 온몸을 태우면
영혼을 파고드는
　빛은 안개 걷어내 가슴 길 활짝 열어,

감촉은 진정제
　부드러움으로 넋 감싸면 상처 아물어
껴안은 가슴을 천국으로 인도하는 선율

　부드러운 음성은
하늘, 땅, 사람이 하나로 다시 태어나는
　속 깊은 자궁이다

반향

폭발하는 감정을 두루 어루만지는 절제된 선율
　고통은 흐르는 눈물 어린 숨결 끝자락에 머물러

가슴에 차오르는 슬픔은 영혼의 심연에 깊숙이
　뿌리를 담그며 피어올라 리듬은 찰나 속에 깊이
묻을 수 없는 긴 음으로 끊임없이 솟아오르는데

울지 않고, 울지 않고는 감당할 수 없는 혼 빛,
　눈물 없이, 눈물 없이는 감당할 수 없는 울림,
수정 떨구지 않고는 느낄 수 없는 찬란한 떨림,
　속여의지 않고는 담을 수 없는 순결한 선율,

찰나를 영원으로 영원을 찰나로 엮어 울리는 화음,
　존재의 뿌리 혼의 언어, 우주 멜로디로 울려 퍼져라!
시원의 의도, 무한한 음, 혼돈의 노래, 넋의 환희로.

영혼의 샘물 끌어 올려 온천지 가득히 생기 흐르고
　생명의 선율, 심장 율동은 아득히 거세게 부드러워
면면을 잇는 생의 리듬은 짧은 박동, 긴 파동으로

맥박의 진실 들어내며 하늘을 향해 파장으로 흘러

시원을 오가며 흐르는 넋의 넓고 깊은 멜로디는
찰나로 음의 속살을 벗기어 영혼의 단층 들춰내는
시간은 가버리는 것 아닌 머무는 속성으로 지금
다가오는 명 거머쥔 생의 좌표를 슬며시 드러낸다.

고울 수밖에 없는 선율, 귀할 수밖에 없는 생의 춤,
소리는 하나의 소리 아닌, 소리는 하나의 부름 아닌
우리 모두 위한 떨림, 울림, 평화, 희열, 구원, 축복,

찰나와 영겁 머금은 음으로 곱게 아름다움 풀어놓아
넋을 위한 2악장, 명을 위한 무無악장으로 울려 퍼지며
널 오라 부르고 있다 이편의 소망, 저편의 반향으로.

제4부

하늘이 숨겨놓은 진실: 뉘앙스

nuance: hidden truth

하늘이 숨겨놓은 진실: 뉘앙스

나무 밑
  돌 틈, 풀 섶서
오롯이 자신을 드러내는,

인간이 얼마나
  오만한가를 가늠하려
하늘이 심어 놓은 작은 풀꽃.

  진실은 미세하고
미묘한 뉘앙스에 있는데

진한 빛깔, 된 소리
  영상 홍수에 묻혀 사는
당신의 진실은 어디에 있나요?

혼이 떠나는 자리

달콤한 입술, 반짝이는 눈빛, 예리한 콧날,
　죽음이 어느새 숨 줄 걷어가 생기 사라지며
넋 온기 식은 사색 여운만 희미하게 남아,

어느 낯선 별을 향하는지 이승엔
　적멸의 평화
사라지는 음성 듣는 듯 슬픔 떠난
　아득한 작별
귀향의 실마리 희미한 연緣의 회귀,

언젠가 돌아올
　먼 그날 향하는 아득한 시간여행이
외로운 듯 냄새로 느낄 수 없는 영원
　혼 감싸는 율律, . . .

희미해지는 상념,
　시원의 원소가 빚는 오로라 속
돌아올 기약 없는 영원으로 떠나누나!
　생사 여읜 열반 속으로

누구의 영원을

하루살이에게
  영겁은 이틀, 사흘, 혹은 일 년일까?

찰나에 억겁을 꿈꾸나
  광년으로 따지면 인간수명은 찰나
숨겨진 수많은 작은
  미생물의 노력으로 부지하는 목숨.

추상 시간엔 찰나와 영원이 끊겨
  허공 누각은 스스로를 기만하고

연의 가는 줄 엮어 영생을 꿈꾸며
  미생물은 나를 영겁으로 가꾼다.

은하 저편 수억 광년 밖에선
  인류의 역사조차 찰나, 멀리
억 광년을 쉬지 않고 달려온
  별은 영롱하게 찰나를 빛내,

소망은 진실 구하려 시선 구부려
  구원의 증표 영생으로 위로 하나
하루를 못 가는 영원.

미물에 맡겨진 내 목숨
  영원은 진정 너희 몫이로구나!
내 몸은 단지 숙주일 뿐.

내 님

꽃들의 미소
　같은 것이라곤 하나도 없다

세상 어쩌면
　이렇게도 예쁘고 섬세할까?

입 맞추고 싶은
　눈길 고운 아름다운 모습

서로 꼭 닮은
　얼굴이라곤 하나도 없어,

세상, 어쩌면
　저렇게도 내 님이 많을까!?

연초록

교정 언덕
  거대한 느티나무가 연한
연둣빛 순으로 한 해를 시작한다.

성숙의 세월, 빛나는 지혜,
  높은 거목의 품위를 잊은 듯
흔적 같은 아주 조그마한
  여린 순으로 새 계절을 연다.

오래된 기억으로, 무의식의 의식으로,
  실낱같은 희망으로, 수백 겹 나이테는
시간의 유희 동심원 속살로 부드러워

황홀 잊을 수 없어 새싹 은하 흩뿌리며
  희미한 꿈 안의 힘 세월 버티는 초심으로
생의 기쁨 잊을 수 없어 동심으로 시작,

그래, 수백 년을 살겠지!
그렇게 작고 여린 들풀의 부끄러움 없는
연초록 마음을 지녔으니.

은세계(치유)

—인제 계곡

하얀 첫서리 내리면 곱게 물든 계곡은
　은은한 은색의 단풍으로 빛나는 별천지
온갖 찬란한 빛깔 잎이 슬픈 기색 없는
　색의 향연으로 영혼 사로잡는 깊은 산골

청량한 바람, 향기, 순환을 순리로 받아
　잎 벗어 놓고 열매를 놓아주며 집착 벗는
끝이 아닌 새로운 시간을 준비하는 지혜
　슬픔이 아닌 희망으로 겨울 맞을 준비로

결실의 느긋함 배어 있는 자신감으로
　삶의 무게 실린 향내가 숨결에 배어나
풍요로움으로 찬사 뿜는 신선한 체취,
　산 오르면 무심히 다가오는 향에 취해

겨울 준비 마친 농밀한 여유를 풍기는
　온갖 초목이 이룬 풍성한 성취의 축제

비가 내리면 뿌리서 솟는 정기 피어나
생약 기운이 스미면 가슴이 청량해진다.

이별의 아름다움

어떻게 저렇듯 화려할 수 있을까?

비를 뿌리는 음산한 가을날
　생을 끝내는 화사한 단풍은
맑은 시선으로 주위를 밝혀

붉은색의 산록은 다가오는
　임종의 비탄을 모르는 듯이
황홀한 기쁨을 발산하는데

어찌 저렇듯 담담할 수 있을까?

하늘 우러러 나신의 정결함 보이려는
　진한 색깔의 의미, 고요한 정적의 빛,

시작이며 끝인 생의 마디마디는 진정
　찬란할 수밖에 없는 이유로 빛나나

문지방을 잡고 울고 불며 소란하게

이별을 비껴가는 이는 모르는 미소,

영원의 미련을 모르는 듯
바람 부는 대로 형상을 맡겨

의식으로는 잡을 수 없는
향기로 흩어질 뿐 집착 없다

그래, 저렇구나!

피어오르는 은하

푸른 빛 흐르는 은하서 펴 올린
  고운 별 무리로 짓는 무늬와 무늬
사이로 시원의 온갖 형상 불러와

초 의식 꼬리 보일 듯 말듯 스치며
  바람에 흔들리는 상징 공간 속에
무한 그리움의 잔잔한 시간을 피워,

태초 약속 지켜내려 의식 모르는
  유전자 기억 불러내 지금 여기 만나
낯설음 속 데자뷔, 친근하고 머언
  기억이 머무는 무의식 속에서 찾아
시공 구애 없는 이야길 풀어놓아,

상징은 온몸으로 시원의 뜻 펼쳐
  거부할 수 없는 색깔 향기로 언어
벽 넘어 영지로 돌아오라 손짓해
  가역 무애로 생각이 자유로운 영혼

하늘과 어울려 격 없이 소통하는

영지로 우리를 인도하여 우주와
  온 시간이 살아서 움직이는 영혼의
깊 넓은 신천지가 열리면 무한한
  기쁨으로 다가올 이야기로 춤추리니

타고난 조건을 이유로 차별 모르는
  편한 관습을 이유로 금지하지 않는
폭력이 없는 곳에서 만물은 스스로
  소통하며 서로를 받드는 잔치에서

희망으로 불이 붙은 영혼의 희열은
  지금여기 끝없이 끝도 없이 타올라

세상의 모든 것이 어울려 서로를

알고 서로 떠받쳐주는 함도 세상
색인들 어디 홀로 있으며 풀벌레
종달새, 노루, 꽃사슴인들 혼자랴,

자연과 내가 하나로 뜻 이루고
천지가 모든 것들을 떠받쳐주는
신비스럽고 성스러운 이 세상
우리는 모두가 기적이 아니랴!

넋은 부족 모르고 하늘에서는
만물이 즐거워서 돌고 돌아가는
아름다운 우주 향연이 펼쳐진다.
지금 여기 시원의 꿈 불러오며

마음에 그리는 산

지맥이 거칠게 땀방울 흘리며 달려와
　실핏줄로 아름다운 파란 호수를 이루면
물고기가 모이는 물가에 사람들 모여
　시간의 태엽을 감으며 역사를 시작하여,

시원의 안개 속으로 들어가면
　태초의 비밀이 새겨진 화석엔
시원이 시공의 형상으로 빛나

장엄한 자연의 숨겨진 보석들
　생명의 끈질긴 생명력을 품은
억년의 세월이 눈 녹듯 풀려,

산의 흰 뼈를 깎은 젖줄 쌓여
　험한 산길을 내려온 짐승들이
목을 축이며 즐거워하는 물가
　초원을 일궈 온갖 꽃들이 피고
들짐승들이 성기게 살아가는

정적과 움직임 사이 묘한 균형
　하늘과 땅의 신비스러운 언어로
신과 생명의 대화를 열고 이어
　우주와 자연의 비밀스러운 힘은
소리 없이 조화 일구며 빛낸다.

저 덧없이 흘러가는 하얀 구름 너머로
　초혼의 애달픈 소리는 가슴속을 후비고
초백의 애통이 황토 흙길을 다 적셔도

아린 옛날 눈시울 적시며 말없이 지낸
　한은 문자에 실어 보낼 수 없어 무시로
무의식을 맴돌면서 기다리고, 기다린다.

시원 봉우린 고향 구름 속으로
　돌아간 이들의 이야기를 수놓아

넋 깃들어 정갈한 숲, 시냇물과
　맑은 공기가 혼령의 움직임으로

자연과 영혼이 어울리는 영지에

청아한 향기 뿜는 꽃들 피어나
소리 없는 호수에 하늘 내려앉아

풀어 놓은 푸른 결 곱게 흔들어
힘찬 폭포에 곱게 드리운 무지개
하늘의 아름다움을 땅에 뿌린다.

계절마다 색색이 야생화로 피어나
깊숙한 숲의 고요한 정기 샘솟아
핏빛 단풍의 절규, 은빛 설산의 고요,

신비스러운 밤안개 장막을 두르며
태어나지 않은 이야기 산정에 피워
오색구름에 실려서 속세로 보내고

산, 나무, 짐승, 호수에 빠진 달,

노을 어둠에 묻으며 안개 피우고

어린 짐승의 아침 단잠을 연장해
풀꽃에 진주 이슬 무지개를 내려
녹색 천국에 생명과 자연이 함께
다움을 지켜 태초 평화 찾아오는

단풍, 백양나무 숲, 산정의 초원, 구름,
눈 덮인 산바람 소리 엮으며 물먹음은
푸르른 산은 시공을 하나로 섞어 힘찬
생명의 숨결을 세상에 찬란하게 빛낸다.

세석평전에서

—팔진도 八陣圖

이슬 머금은 연초록 지붕
철쭉이 입을 여는 환상의 나라

새들 옥구슬 굴리는 아침
청학동은 음양수에 평화를 지펴

초록은 연약함을 빛내고
맑은 공간은 수줍어하며
시선 받은 여인은 찬란해

풀꽃이 조화를 일구는 별천지에는
  마음 닦던 이의 신명이 온몸을 감싸
욕심 잃고 시간 여위어 돌아오는
  본디.

떨어진 환한 꽃잎
  하늘, 땅 사이엔

기쁨 없인 천년 꿈 덧없고
　황홀 없인 백년의 원도 헛됨을
슬픔 모르게 전하는 찰나가 피어나

넓은 평전의 아련한
　붉은 나직한 노랑꽃들은
큰 평화, 달빛 머금어
　사기邪氣 잃은 어둠 속에선
철쭉이 하얀 평화 드리워

꽃잎 열어 소리치며
　여느 곳 여느 시간 아닌
오월의 어느 날을 축복하는데

부끄럼 없는
　순간 세워놓고
기다리고 기다리다가
　녹색 구렁으로 빨려가

깊은 벼랑으로 떨어지는 황홀
　아픔조차도 기쁨인 슬픈 행복

함박꽃보다 서늘한 그리움의 함정
　어느 임이 세워놓은 팔진도인가?

* 평전: 삼국시대의 지리산 훈련장

철쭉이 꽃 피는 저녁

고운 화장하고
  숲에서 기다리는 아름다운 여인

성긴 어둠 속
  잠자리에 들기 전 마지막 구애로
부드러운 살결
  맑고 신선한 봄기운이 도는 얼굴
연분홍의 밝고
  청아한 모습으로 그임을 기다려,

지난해 이맘때
  가슴 뜨겁게 달궈 논 눈길 못 잊어
올해도 그 자리
  해지는 줄 모른 채 떠날 줄을 몰라

저녁 예불 소리
  은은히 퍼지는 산록에 그리움 짙어
청정한 빛으로
  감도는 깊은 숲 터널엔 신비 일어,

시원의 깊고
  비릿한 봄의 수액 조용히 차올라
봄물 터지며
  꽃송이 벙긋 열어 향기가 퍼지고

별들도 지상
  미인을 보려고 반짝반짝 빛내며
어둠의 속살
  아름다움으로 넋을 어우르는 찰나,

고운 얼굴로
  설레는 마음을 가라앉힌 여인은
금빛 하루의
  경계를 넘으며 더욱더 청초하구나!

시원의 어둠이
  두렵지 않은 영혼은 빛을 발하고
머금은 빛깔이
  두렵지 않은 화사한 빛을 발하여

침범치 못하는
  정숙한 붉은 숲에 소쩍새가 울면

넋은 숲속의
  심원으로 빨려들어 가눌 수 없어
율을 따를 뿐
  빛 맑은 영혼은 부드러운 어둠 속
생명의 젖줄
  숨결의 뿌리서 긴 찰나를 만난다.

생살의 아픔
—진주

고통 빛깔 찬란히 새긴
오열과 환희의 무지개
슬픈 눈물 깊숙한 연민
저미듯 살결에 스미어
은빛 환상 짙은 파도로
은은하게 피어오르며

시간의 그리움으로
욕망과 슬픔을 여읜
스친 살결의 진실을
낱낱이 증명 하는데

숨결은 젖줄로 흐를 뿐

긴 생존의 무늬들을
몸에 되새겨야 하는
기억은 아픈 것임을
찬란하게 들어내는
무지갯빛의 고통,

세파에 녹지 않은
바다보다 고운 한이
저렇게도 화려할까?

모진 생살의 아픔으로
오죽이나 곪았으면
밤에도 푸른빛이 날까!
맺힌 상처 가득히

가을 수채화

땅만을 보고서 걸었습니다.
  벌거벗는 나무의 진실보다
흩어지는 추억이 아쉬워서

갖가지 기억으로 물든 잎은
  오색을 머금어서인지 저마다
예쁜 색깔로 곱게 수놓으며

아직 남은 따뜻한 온기 뿜는
  낙엽은 노랑나비들처럼 날며
지워지지 않을 미련 씻는 듯

불타는 단풍 빛깔 선명하게
  겹치고 물린 추억모자이크는
걸음 멈추는 회상을 불러와

화려한 무늬의 화폭은 아련히
  아쉬운 끝의 시작을 잊게 하며
슬픈 예감에 떠는 나를 비웃듯

볼 수 없을 정다운 잎은 오히려
　또렷한 얼굴로 덧없이 몰려가며
바람에 저항 없이 맡겨버리는데

애끓는 아쉬움이 헛되다는 듯이
　생존 기억 담은 수채화는 조용히
재촉하지 않고 현재 미래 사이
　문지방을 찰나의 충실로 장식해

흘려버린 숨결의 분신을 몰아
　삶의 무늬 엮어 추억에 바르며
거리를 두고 보는 자기 모습을
　회화로 전시회를 열고 있네요.

모양, 색깔, 향기, 시간의 흐름,
　지금 여기 문이 열리고 있군요!

마하지관 摩訶止觀

몸과 마음 고르며
　고요히 주시하는 맑은 시선
슬픔과 기쁨 여읜
　줄기도 세세한 선율의 무늬

문양의 비밀 통로를 찾는 눈은
　희망으로 맑아져
잡음이 섞인 혼란을 정리하며
　골내고 결 다듬어,

무한으로 흐르는
　황홀한 넓은 자유 충만해
만물은 저다움 지켜
　열반 가득히 찬란히 빛나,

하늘 향하여 혼을 나르고
　앞뒤 위아래로
넒은 세상과 함께 어울려

찰나와 영원이 하나 되면
  언덕과 언덕 사이
오색 무지개다리 솟으리라.
  시간의 강물 위로

제5부

찬란한 고통

splendor of pain

찬란한 고통

연초록 숲에 철쭉이
　화사한 모습 드러내면
중생은 산사에 올라 등 밝혀

크고 작은 슬픔, 깊이 사무친 한
　돌아간 이에 대한 그리움
　언뜻 떠난 자식이 보고파
이룰 수 없는 소망을 높이 띄워

저세상으로 보내는
　아린 마음 애틋한 사연을
부처님은 꽃 가꾸듯 보살피셔,

　가지각색 세상의 업을 매달아 놓은
온갖 색깔 무늬로 임께 보내는 사연

어둠 짙어질수록 화려해지는 고통의 향연
어둠 진해질수록 빛깔은 혼의 진실 토해,

연초록 바탕에 붉은색, 푸른색,
온갖 색깔의 크고 작은 아픔들을
하늘에 걸어놓고 소망 불붙이면

어느새 구원 색깔로 맑게 밝아져
어두운 마음속 비추며 한 쓸어내고
가슴에 쌓였던 헛된 슬픔을 벗겨

생명 뿌리서 솟는 의미를
법열 속에 세우며 심연 들어내
산사에 피어오르는 오색영롱한 번뇌
참으로 슬프게 아름답구나!

오월 어느 날,
영겁이 찰나로 화신하는 날에.

로댕의 큰 손
—반가 사유

좌절의 나락에 빠져 무거운 머릴 떠받히는 로댕의 큰 손
　얽히고설킨 근대 삶의 조작된 수렁 벗어나려 몸부림치며

개인으론 어쩔 수 없는 제도화된 부조리서 살아남으려
　짓누르는 생의 무게를 생각의 갈피로 짚어보는 삶의 진실,

얽히고설킨 업의 사슬을 색즉시공의 금강 검 날로 베어내
　은은한 열반의 미소 지으며 뺨에 살짝 올려 논 두 손가락

찰나로 삶의 관성을 썩 잘라 넋의 제자리 찾아 풀어주나
　개아의 시선으로는 우리를 구원할 수 없어 연민에 사무쳐.

거슬러 올라가고 앞으로 뻗어 봐도 생각 끝자락은 희미해
　너와 나 없는 꿈속을 헤매며 끝도 없이 신기루를 쫓을 뿐,

치열한 추구인 논리적 사고와 관조적 해탈 사유의 얼개도
　의식의 그물일 뿐 자아 무아의 수단으로 풀 수 없는 현실

윤회는 모질고 끝없는 번뇌와 고락의 끝은 보이지 않는데
우리를 구원할 수 있는 건 큰 수레 자비와 박애뿐 이라네

피안의 나루터

죽음이 야음을 타고 와 혼백을 갈라
　떠나시는 어머니는 사색 어린 빛으로
무언의 사무친 한과 슬픔을 전할 뿐

눈물은 국화꽃에 떨어져
　꽃을 날려 보낸 갈대처럼
　　가슴을 비우며 공간 넓혀
　　　피안의 나루터로 향하여

　　　끝없이 흐르는 샘은 슬픔의
　　알 수 없는 향수를 부르고
　통곡은 가슴에 쌓인 사연을
저 멀리멀리 음파로 흘려,

바람에 실려 오는 애타는 음성,
　숨결에 흐르는 잔잔한 그리움,
잎사귀에 살랑대는 애절한 응석,
　천둥을 타고 오는 참았던 통곡,

복사꽃 피는 따뜻한 가슴 자리,
  진달래 멍이 든 한 맺힌 설움,
몸에 배어드는 봄비의 감촉들,
  안개에 묻어오는 새빨간 단풍,

구름으로 수놓은 하늘의 형상,
  소나기 뿌려 세운 오색 무지개,
가을 녘의 구슬픈 풀벌레 소리,
  하얀 무덤 앞에 드리운 그림자,

산기슭에 피는 이름 모를 꽃들,
  어둔 수면에 뛰어오르는 물고기,
밤바다에 피는 소리 없는 파문,
  이름 없는 색으로 피는 향기들,

저승의 사연을 전할 수 없어
  왔다가 다시 쓸쓸히 돌아가는

아니, 돌아가지도 못한 채로
　피붙일 맴도는 혼의 슬픔이여!

기림사

—월인 향내 가득하구나!

달 먹음은 함월산, 내뱉는 토함산 사이
  금동의 무게를 떨친 반가상이 사유하는

월인 꿈 펼치는 당엔 향나무 불길 타올라
  향내 가득히 산사 감싸면
반야심경 나직이 울리며 녹색 기운이 솟는
  싱싱한 숨결 씨를 퍼뜨려,

맑은 정안수로 넋 적셔 열반 기원 휘날리는
  향나무로 둘러싸인 적멸
천년 느긋이 살아온 지혜 초록 생명 뜨거운
  불꽃 짙은 향내로 빛나,

밤이면 향나무 앞에 모여 시간 관성을 썩 자르고
  타버리지 않는 심향 돋워 찾아온 이에 불씨 전해
토함향내가 고도를 감싸면 생각의 갈래 반조하며
  안에 혼 불을 지펴 번뇌를 태우고 또 태우라 한다.

하늘을 비질하고 마음 쓸어내려
  가슴 속 여백을 마련하는 가지는 푸름을 흔들며
움직임 불러와 스님은 정적 잊고
  파도 이는 해가 솟아오르면 어둠 속에서 깨어나

바람 소린 미망을 날려버리고
  중생이 남긴 발자국을 쓸어내
아침의 향내로 정갈한 자리에
  시원의 은은한 향기 불어오면
마음자리 깔아놓고 기다린다.
  멀리 찾아온 이들이 돌아서길.

그믐엔 달이 없어 어둠 머금고,
  초승달엔 빛 흐려 파도 머금고,
돌이켜볼 번뇌 없어 고통 잊어,
  돌이켜 볼 분별없어 차별 잃어,

새소리에 깨어나면 어둠 잃어

맑은 숨소리 산천에 가득하여

바람도 없이 파도이니 토함산
산사엔 월인 향내 가득하구나!

형이상학
—믿음

화장한 재, 시체가 떠다니는
　성스러운 물먹고 씻고 기도로
내세를 향하는 수많은 영혼

미래를 향한 헌신을 이승의
　운명으로 받아들이는 각인된
믿음은 마음을 고정시켜 놔,

범할 수 없는 신분을 업으로
　고통마저 영생의 대가로 알아
삶의 고릴 벗을 줄 모르는데

의심할 수 없는 찰나의 유희로
　죽음을 두려워 않는 큰 용기는
신자에게 주어진 유일한 특권.

부처도 천년 벽을 깨뜨리지 못해
　변하지 않는 의식은 철칙이 되어

가볍게 넋을 물들여 자의식 없애
  두려움 없는 신념의 인간이 탄생

순종하면 잔인한 고통도 찰나로
  사람 움직이는 지력도 설득력 잃어
믿음은 분별력 닫고 의심 없애,

혹독한 현실 저편으로 최면 걸며
  육신 풀어주지 못하고 넋을 옥죄어
신체 저버리고 저쪽 언덕을 향해
  어른, 아이 남녀노소 가릴 것 없이
의심하지 않고 따르는 기적 일어

가르침으로 깰 수 없어
  악순환의 수레는 돌고 돌아

저세상 신기루로 여기
  해탈을 꿈꾸라 하나 수천 번
끝없이 태어나도 열반의 길은 멀고

생존은 잔인해.

갓 핀 어린것은 생을 알지 못한 채
속수무책으로 기아 질병으로 죽어가
빈곤, 천시의 늪 벗어나지 못한 채
극락의 꿈으로 찰나의 이승을 달래,

모진 운명은 죽음만이 끊을 뿐 신분 벗을 수 없어
우민 사슬 못 푸는 지혜는 높은 신분만 두둔할 뿐
천년 내려온 고통 늪을 모른 척 허상에 핑계를 대

무서운 저 고착된 의식
깨달음조차도 건질 수 없는
잔인한 관념의 형이상학.

"종교란 그런 것이라"
고통을 합리화하는 그대여

현세의 처참한 고통을
　남들의 것으로 아는 그대여

어찌 이리 태연한가!
　내세에 사로잡힌 이들이여
어찌 이리도 심한가?
　말꼬리에 잡힌 인간들이여,

어떻게 풀어야 할까? 망상의 족쇄,
　어떻게 깰 수 있을까? 의식 철옹성.

"종교 없는 과학은 절름발이요
과학 없는 종교는 맹목적이다."
—아인슈타인

무량無量

느티나무 사이
오층탑

바람 향기 사이
새소리,

삼나무 곁
범종

비구니 곁
샘물.

오후 녘 뜰엔 움직임 자취 없어
텅 빈 충만 머금은 넋이 선정에 드는

만수산 무량사엔
마음이 불이不二의 시공으로 피어나

열반은 넋에 쌓이고
  숨결은 한껏 푸르구나.

시공은 순환하나,
  생명 없인 세울 수 없고
마음 없인 천지도 뜻 잃어

한껏 빛나는
  시원의 푸름이
온 누릴 무량케 하누나!

어찌 저리도

여린 목숨 들어낸 채
금세 꺼질까 위태로운 혼 불
가슴 앞서 애태우며 허둥대는데

청정한 산골 깊숙이
바람 없는 파도 은은히 일어
어둠 속 살려 놓은 초파일 불씨에

번뇌 지펴놓고 내려오다가
뒤돌아보면,

아, 어찌 저리 고울까!
저리도!

영지靈地

무의식에서 꿈으로
현실 빚는 생리감각, 의식 틈새

알 수 없는 힘으로 삶 지탱하는
영지를 정성껏 가꿔,

하늘이 내려오고
후손과 정 나누며
젖줄 잇는 생의 경외로 피어나는

지혜 기르는 말
율律과 춤 속에서
야생화로 크는 너의 향기 짙구나!

빙하

생각 파편이 빚는 의식의 싸움터
  찰나에 얼려 놓은 수많은 상처가
내 머릿속을 헤집고 떠돌아다녀

거부할 수 없는 힘으로 기생하는
  "나" 라는 허깨비가 쌓는 무영탑
끊임없이 지우는 해탈 소용돌이,

수없이 쌓이는 업장과 환영 늪에서
  끝없이 헤매고 있는데 언제 맑고
뜨거운 가슴으로 다시 날 수 있을까?

봄 선 각春禪覺

은은히 피어나는 풀꽃 삼매경
　어린 순이 초록 은하를 이루는
산록에는 조용한 평화가 일어
　풀꽃마다 가득히 찬 니르바나.

숨결로 지은 속살을 드러내면
　천지에는 맑은 향기로 가득한
꽃, 꽃, 꽃 더없이 찬란하구나,

봄엔 내 몸에서도 향내가 난다.
　뿜어주는 온천지 꽃들 덕분에

예감 무르익어 빛깔을 드러내면
　속살을 비추며 연緣의 유희,
바퀴의 광채, 숨결 진실 들어내

꿀이 된 번뇌의 향이 퍼지면
　온 천지엔 기쁨이 가득하구나!

그러함

천년의 시간이
순간에 응축되는 고요

백 년의 삶들이
찰나에 불타는 경계에

생의 그러함을
남기고 떠나간 영혼들

색은 색인 채로
마음은 텅-빈 채로.

안 있어

어떻게 저렇게 작은 미물이
　온갖 묘한 현상에 반응하며
먹일 가리고 숨결 이어가는
　놀라운 일을 해낼 수 있을까?

모양과 소리 없는 안 있어,
　몸으로 깨달아 아는 안 있어,

시간의 풀무로 숨 불 지펴
　찰나로 영원을 엮는 인내로
시공의 무자비한 벽 넘어
　영혼의 둥지를 틀어내는데

신비스러운 지혜로 시원부터
　생명 지켜온 숨은 수호자여,

당신의 그 깊은 속을 모르는
　"나"라는 허깨비를 돌봐주소서
안 모른 채 지식만을 탐하는.

작두

—과거로 바뀌는 슬픔

시간이 침범하기 전
　꽃봉오리에 희망을 피우며 행복하던 기쁨
어느새 황홀 다가와
　아름다움이 부서지는 순간은 슬픈 고통뿐.

목련꽃 아래서 우러러보면 실핏줄에 돋은 꽃은
　파란 하늘 배경으로 흰옷 입은 이 마음 드러내

피지 않은 봉오리 반쯤 연 봉오리 하늘 향하다가
　꽃피는 찰나에 짓밟히는 상처를 우리는 모른 척,

허공에 피어나는 꽃술을
　예리한 날로 자르며
황홀한 슬픔 가슴에 떨궈

아름다움은
　찰나에 머물매
시간의 작두를 탄다.

삼매경

황혼이 짙어지는
　바다와 냇물이 만나는 곳
조각이 된 왜가리가 기다린다.

미동도 않고 서서
　단물 향수에 취해 물살
거슬러오는 바닷고기를 기다린다.

아니, 저기
　드넓은 바다로 향하는
호기심 많은 물고기를 기다릴까?

철-썩 철-썩
　하얀 거품이 다리를 적시고
고꾸라지는 파도 신음 소릴 내도
　듣도 보도 못한 듯 삼매경에 빠져

삶은 놀이가 아니라
　이리 진지하게 살아야 하는

한 번의 기회만 있음을 아는 듯

어둠 개의치 않고 흐름 지켜보며
　생명을 먹이로 명을 잇는 삶의
진실 벗어날 수 없어

이렇게 생면에 생명을 섞고
　시간에 시간 섞는 물가에서
연緣 잇는 절실하고 단호한 모습.

생존은 저렇게 처절한
　인내와 함께해야 함을 보여준다.
어스름 속 부동자세로.

하늘을 비질한

코발트 빛 깊숙이
　시선을 담그면 정갈한 기 흘러

잔설이 빛나는 실가지로 쓸어내
　텅 빈 하늘은 의식 빨아들여 혼의 때를 벗겨

낮달은 욕심 없이 떠서 빛나는 실가지를 스치고
　잔가지는 작은 티끌도 놓치지 않으려는 듯
살랑살랑 파란 하늘을 정성들여 곱게 비질한다.

부처 바위에는 불끈불끈 힘줄이 솟아
　봄을 기다리며 영하를 나는데

썩은 내가 나는지
　까-악 까-악 까-악
까마귀들이 군침을 삼킨다.

나갔던 혼이 돌아와
십자가十字架 정수리를 파고들어
핏기 찾은 초승달이 산마루에 걸리니
신이 깨어난다.

시간의 결

호흡은 생존의 모태, 간격은 시간의 영혼,
　형상은 생명의 자리, 감각은 의식의 근원,
운동은 생의 원동력, 피부는 두뇌의 시원,
　촉각은 감성의 문, 의식은 넋의 시각으로,

후각은 성전의 길, 색감은 감정의 뿌리로,
　소리는 영혼의 리듬, 향기는 만물의 살점,
지각은 지혜의 고향, 무의식은 역사의 땅,
　생각은 생존의 도구로 모든 것을 아울러,

智와 감각을 이루는 모든 차원의 무늬로 넋이 탄생
　간격과 가늠 흔적 없는 숨결이 일구는 결 아름다워
주기로 움직임 엮어 수명 이루는 생명, 거룩하구나!

서로 열어, 가지 줄기 뿌리 우주의 겨자씨까지 껴안아
　생명을 나르는 간격으로 출렁이는 의식은 리듬으로
아름다움의 머물지 않는 속성 일구며 시간의 반비례로
　덧없는 아쉬움 연민의 정 불려 밀리는 파도의 간격은
생로병사의 조밀한 슬픔을 부르고 과학기술은 넉넉한
　시간을 얻으려 운명을 끝없이 시험하며 일깨우고 있어

시간이 아름다움의 원수인 줄 모른 채
　간격을 좁히려 발버둥 치며
　추상의 극점 불멸을 가지려
숨결을 억압하는 두려운 없는 인간들,

흩어졌다 다시 피어나는 고운 무늬
　찰나 마디마디에 시간의 결이 이는
창조의 용광로 현재를 그들은 알까?

영혼의 역사

권세와 영광 찾아 수천 년
수많은 피의 사원을 세우고
수없이 많은 영혼 희생하며
신의 역사는 강물처럼 흘러

인간은 신의 비호를 바라고
신들은 인간의 약점을 노려
아직도 찾아야 할 계명으로
아직도 저 먼 곳에 있는 듯

오래된 숨겨진 진실 밝히려
겹겹의 진리 환상을 벗기면
신은 이제 와 부끄럽다 할까?
인간이 오히려 외롭다 할까?

흘러가는 시간과 사라지는 숨결에
붙박이 나침판은 저 하늘을 가리켜

삶의 소용돌이 속 욕망 저편 향한
화살 표시를 따라 살 같이 달려가도

빈 꿈만 돌아와 뜻 없이 흩어지며
　무지개가 피어나는 찰나를 드러내.

실험실서 증발하는 영혼, 계산서의 허수로 남는 넋,
　화면서 표백되는 감정, 감각이 박멸되는 기계 속에
거래되지 않으면 사라져 땅 흔들고, 하늘을 부르며
　능력 불러오던 마력을 잃은 채 샤만도 신기를 잃고
플라스틱 수정에 뜬 신기루 아라비아 사막을 헤매.

백지에 먹물 튀기고 망막 찾아와 그림자 던져
여린 혼 뇌리에 상처 남겨
신은 등 돌려 버림받고 영상에 시선을 빼앗긴
인간은 넋이 나가버렸는데

영혼이 사라진 시대 축제는 존재하는가를 물으며
좌표 없는 시공을 떠내려가
의문 하는 자신을 의심하며 광속시간을 낭비하는
21세기 샤만은 초조하구나!

오래된 신, 정신 머물 나루터, 기도할 곳
원망할 하늘 잃고, 신들릴 몸 잃은 예인은
편의에 탐닉해 스스로 색에 자신을 맡겨

혼 앗는 속도 속 넋 증발된 장치 틈서
빛의 황량한 유희로 넋을 잃은 인간은
쾌락의 도구로 전락, 영혼 불러올 기도,
영혼을 적실 눈물, 영혼을 움직일 노래,
혼을 기쁘게 할 의미 모두를 잃어버려

육肉의 시장에 내놓아 저울 눈금을 따라
울고 웃어야 한다 거래는 되어야 하니까.
계산하지 않는 넋이 살아남을 수 있을까?
그 의문이 몸서리치게 지워지지 않는다.

제6부

영지 잃은 말

meaning lost

영지 잃은 말

—빈껍데기 말은 서로를 거부하는 섬

항성의 중심에 한 뿌리를 내려놓고
　무게 중심을 잡으며 피는 파란 싹은
무한공간에 고운 꽃으로 균형 세워
　차원의 비밀 성긴 아름다움 드러내

진실은 아름다운 인생의 속살이며
　생존의 의미는 서로를 향한 그리움
희망을 쉼 없이 사랑으로 풀어내
　송이마다 가슴에 애틋한 넋 점지해

소망의 새싹을 먹고 꿈을 토하며
　작은 희망 섞어 신기루를 일구어내
운명 자리서 숨결타래 풀어놓으나
　혼의 영지 잃은 말은 넋을 상하고

아름다운 명의 뜻 말로 펴지 못해
　메마른 영토는 모래사막으로 변하여
혼의 작은 오아시스 찾을 수 없어

풀밭 잃은 양들은 사납고 모질어져

빈껍데기 말은 서로를 거부하는 섬
마음 나누며 정 나눌 수 없어 외로워
아름다운 뜻을 펴지 못하여 이곳이
숨 붙이가 사는 곳임을 잊어버리겠지!

밥

한
순갈
뜨는 사이
사색이 되었구나!
황홀, 찬란하던 그 노을

유년의 기억

물고기를 쫓다가 뒤를 돌아보니
　동생이 없어졌다!

놀라서 울면서 이리저리 찾다가
　둥실, 두둥실 물결에 떠내려가는
동생을 건져 올리니 토하며 울어
　따라 울며 엄마가 알면 혼나는데
한참을 걱정하다가 꿈을 깼다

물가에서 놀던
　어린 마음에 새겨진 애틋한 기억
예성강가에서 아이가 아일 보던
　아득한 시절 시간의 추가 왔다가
갔다 하며 추억이 아련히 떠올라,
　아버님 묘는 옛날 모습 그대로인지?

강산이 일곱 번은 변했는데 통일되어
　찾아갈 수 있는지?
보살필 친척도 없는 외로운 산록에서

백골은 흩어지지 않았는지?
가볼 수 없는 고향,
뒤돌아가서 지울 수 없는 모진 상처.

상상으로는 기억 들을 건질 수 없고
의식으로 시간을 세울 수 없어
떠도는 정한을 추억에 실을 수 없어
부수고 잊으려 해도 응어리 남아

닫을 수 없어 돌아보면 울음 불러오는
끝없이 아픈 넋 부르는 내 삶의 연옥

끝나지 않은 전쟁 뒤돌아, 뒤돌아보면
애꿎은 눈물만 자꾸자꾸 눈에 고이네.

"가자,
그리움이여, 어두운 땅에서
신음하는 영혼들 곁으로"

슬픔은

과거
어둠 속에선
곰팡이로 자라나,

현재
미래 사이선
야생화로 자란다.

부드러움

어떻게 저렇게
　부드럽고 상냥한 얼굴 뒤에
그런 잔인한 괴물이 숨어 있을까?

얼마나 쓰리고
　말 못 할 험한 꼴을 당했으면
바위처럼 속이 단단하게 굳었을까?

얼마나 마음의
　상처가 깊었으면 어름보다도
차가워 고통조차 느낄 수 없을까?

부드러움 말하지 마라,
　상처로 멍든 영혼을 만나기 전엔

모질다고 말하지 마라,
　얼마나 할퀴었는지를 알기 전엔

냉정함을 말하지 마라,
　숯덩이 그 가슴 속을 보기 전엔.

부끄러움

남이 씹던 말이나 뉴스 조각에 매달려
　핏대 올리고 화를 내며
　피붙이의 마음을 상하고
이웃을 등지게 하는 일이 끝없이 생겨,

시간이 버린 것, 공간이 잊은 것,
　남이 흘린 생각을 유령으로 살려내
신주로 모시며 제 주장인 양 소리치는 걸

　　　하늘이 알면 얼마나 부끄러울까?
　　스스로 깨달으면 얼마나 한심할까?
죽은 자의 저주가 여기에 내려지네!

에덴의 저주
—킬링필드

왜? 이상 사회를 불러오자는 높은
  초월적 이념의 열렬한 숭배자들이
그토록 야만적인 살인자로 변할까?

유례없는 그 악독한 피의 처형자인
  살인마의 주장을 미친 듯 지지하며
학살희생자들의 피맺힌 울부짖음을
  열정적 환호 속에 묻어버린 지식인

지금, 어디에서 그들은 그 엄청난
  잔인한 희생을 합리화하고 있을까?

분노와 좌절을 꿈과 희망으로 유혹
  미로 같은 수정 관념의 늪에 빠져
어둠 속 독버섯 진한 색깔로 대중을
  속이고 광기로 확신에 찬 살인자를
옹호하며 역사를 앞서간다던 추종자

지금 어디서 그들은
　그 수많은 희생을 정당화하고 있을까?
그 교활한 지능으로

오지 않은 미래척도인 이념의
　무자비한 칼로 생명 도려내며
쌓이는 희생을 부인하던 맹신.

시간을 폭력으로 짓누르며
　목숨의 값어치를 임의로 매겨
희생을 필연으로 정당화해
　동족을 하잘 것이 없는 종으로
심판해 학살로 신념 드높여

미래의 신기루 환상 속으로
　인간성 부인하며 자행한 잔악한 행위
스스로 최면 걸던 그들조차
　이념이 이토록 잔인할 줄을 알았을까?

두려운 진리, 가공할 신념,
　크나큰 이상은 커다란 재앙,
성급함이 인간을 저주하는

초월을 흉내 내는 신에 대한 도전은
　숨 붙이의 덧없는 희생을 불러올 뿐
오지 않을 환상은 인간성을 파멸시켜,

현실을 여윈 눈 없는 이념의
　독선은 인간을 위태롭게 하고
주시자 없는 지식은 폭력으로
　이상의 순수로 욕심을 가리고

　거부할 수 없는 편리한 공식으로
구속하며 선각자 노릇을 하려
　오늘도 목소리 큰 주장은 천진한
넋을 강제로 몰아가며 소리쳐
　명줄 위협하는 저줄 내리고 있어,

미래로 내몰지 않고 함께 숨 쉬며
  같이 살아가면 잔혹하지 않았으련만

그 누가 이상과 저주, 지식과 폭력의
  악순환을 잘라 축복으로 되돌릴 건가?
에덴의 저주가 여기에 실현되는구나!

어느 먼 나라의 소녀

향하는 눈동자에는 순진한 호기심뿐
　타고난 모습대로
의도 없는 어리고 천진스러운 모습에
　선한 기운 느껴
바라보다 시선 뗄 수 없어 바라보며
　내 안을 돌아봐,

자연 그대로 경외인 모습으로 다가와
　거부할 수 없는 힘으로 침묵케 하는

욕망과 죄악이 감히 침범할 수 없는
　오염된 언어로는 다가갈 수 없는 신성
신비 간직한 성역을 부르는 성스러움.

어떤 구실로도 해할 수 없는 생명은
　인간 존엄의 모태 인류의 마지막 보루,

혼자인 난 내가 아냐 이웃 없인 나 없어

가진 것 없는 네가 주인이로구나!
우리 맘 전부를 가졌으니.

너는 세상의 빛,
모든 것을 걸 수밖에 없는
어느새 내 안에 사는 눈이 고운 아이

위험이 오는 줄도 모르는 이 아이를
누가 폭력으로부터 보호할 것인가?

뉘 있다고 밥을 탓하랴!

바람 없는데 치켜 올린 수많은 만장이 파도치며
　까만 머리, 노랑 모자 강물이 광화문, 시청 거쳐
서울역, 서울역으로 작별을 고하며 흘러가는데,

"바보여 그대,
　　바보 대통령이여!"
　　　"당신의 깊은 뜻이
　　　　촛불로 타오릅니다."
　　　　　"백척간두 진일보"

검은색, 흰색, 붉은색,
　오색 만장에 새긴 작별 인사 "사랑합니다, 고맙습니다."

수천의 만장이 흔들리며 강물처럼 천천히 움직이는
　소리 죽인 오열의 몸짓들, 지킬 수 없었으면서도
지켜주지 못했다는 추종자의 회한,

삶과 죽음이 자연의 한 조각이라는 적멸의 시각으로도

넘을 수 없었던 인간의 업보, 너와 나, 어느 누구도 한
사람이 될 수 있다는 등 하나 걸어놓고 가버려 허전해
빈 가슴 드러내며 생각에 잠기는 듯 시선을 내려뜨려.

권위를 물 먹인 뜨거운 함성, 상록수, 아침 이슬,
솔아, 솔아, 푸른 솔아, 참사랑에 네가 묻힐 곳,

은은히 구슬픈 메아리로 광장에 가득한 이들이 부르는
울음 섞인 구슬픈 함성이 점점 피어나 가슴을 울리며
눈물 없이는 부를 수 없는 노래로 쉽게 퍼져나가는데

누가 막을 수 있으리오, 저 가냘픈 풋풋한 가사,
주먹을 쥔 꿋꿋한 기개, 영혼에 새겨진 혼 불되어
너와 내가 함께 사는 공존 뿌리 확인하는 시선,
누구의 소유 아닌 함께 만나 서로를 나누는 광장.

역사 현장은 잔인해 꼭두각시 세워놓고
촛불 켜고 폭력으로 저울질하는 자의

숨겨진 얼굴은 사관의 흐린 눈을 비껴가

선전, 선동, 기만전술로 대중을 속이는
　굿판인 줄을 뻔히 알면서 군중의 광기
소망의 마력으로 넋을 사로잡아 버리는

폭력과 두려움이 허상인 줄 알면서도
　버틸 수 없어 시절을 짓는 긴 대열에
기꺼이 함께 하는 저들을 누가 탓하랴!

누가 모든 인간을 만족시키는 제도를 만들 수 있다,
　온 국민이 하나로 만장일치를 이룰 수 있다 하는가?
한때 다수로 호령하다 이제는 다수의 그늘에 버려진
　그 흔한 욕망을 모른 척 할 수 있는가?

독점하던 정치는 흩어져
　　다수가 욕망하는 혼동과
　　　　혼란이 지배하는 세월,

이념과 기치가 진리라는 이름으로 위장
　독선을 허용하던 세월도 어느새 저버려

저마다 양식의 저울로 평형을 유지하는
　여럿의 이유를 합쳐 선택 결정해야하는
합리合理의 세월이 왔다.

민주주의란 그런 것
　최선은 아니지만 시대는 그 길을 간다.

뉘 있다고 어찌 밥을 탓하랴!
　역사란 그렇게 흘러가는 것을
잔인하고도 고통스러운 시간은
　흥분과 희망의 꿈을 접은 채

강물이 되어 흘러가는 것을
　여기 비망의 징표로 새기며
역사의 한순간을 평상인의
　가슴에 간직하려 할 뿐이네.

사탄

1

사탄은 오직 하나님만을 섬김으로 행복하였으나
　인간을 섬기라 하자 사탄은 너무 놀라고 상심해
신의 말씀에 따를 수 없었네.

크게 화가 난 신은 자신을 그토록 사랑하는
　사탄을 지상으로 내려가라 하였으니
인간을 섬길 수 없는 그의 신에 대한 사랑은
　연옥의 끝에서조차 그칠 줄을 몰라

신만을 사랑하였기에 세상에 떨어져서도
　신의 영광을 빛내려 인간들을 유혹하여
신의 사랑을 독차지하려는 인간을 부추겨
　신의 영광을 위해 인간의 약점을, 인간의
장점을 허영으로 불러내 파멸로 유도하여

두려움 없는 인간지식, 신을 두려워 않는 오만,
　이익, 제도와 관성으로 인간의 약점을 들어내
신의 침묵마저 배반하여 죄의식마저 사라지자

넋을 좀먹기 시작하였네.

2
존재의 뿌리를 파괴하는 악마 기술로
기형이 된 줄 모르고 합리를 자랑하고
조각난 줄도 모르고 욕망을 부풀리는

곳곳에 도사린 악의 음모 키워
모양만이 다를 뿐 곳곳에 숨겨진
사탄의 유혹은 본성을 의심하고
사탄의 위장은 시선을 왜곡하여

빨리 돌아가는 시장, 커 가는 이익
반성과 성스러움을 잃은 인간들은
속 돌아보지 못하고 유혹의 길에서
보이는 것, 잡히는 걸 진리로 착각
종말의 전조를 재림의 증표로 맞아

자유라는 유혹에 끌려 스스로 부정하는 음모로
　조작된 인간은 이미 일그러지고 왜곡돼 감히
신 앞에 나설 수 없었네.

세뇌로 길들어진 광고를 자기 생각인 양 주장하며
　역사가 제 손아귀에 든 듯 인류를 구원한다고 외쳐
넋을 소비하며 생명을 조작 시간이 손아귀에 든 듯
　은밀한 계략으로 성스러운 영지를 없애 신실한 넋이
하늘로 가는 길을 막는 종말의 사자인 줄도 모르네.

3
진화는 방향이 없어 폭력 도구의 유혹 뿌리칠 수 없고
　목표가 없는 제도, 공허한 발전은 악마의 구호가 되어
무자비한 기계 효율성을 지상 가치로 인간을 괴롭히고
　끊임없이 경제적 이익을 지상 목표로 영혼을 괴롭히며
편의로 천국을 건설한다며 온갖 편리한 도구로 가두고
　안락한 세상을 건설한다며 온갖 약물로 영혼을 거두어,

고통의 깊이를 없애며 기쁨의 심연을 희석하여
  각성의 아픔을 없애며 관성의 지루함으로 희석
반성과 자각이 사라진 어두운 땅에선 역사 잊고
  죽음과 부활이 사라진 어두운 골에선 시간 잊어
어쩔 수 없는 계산 정글에서 확률의 재앙에 떨며
  어쩔 수 없는 기계 정글서 사탄의 선처를 바라네.

사탄, 이 세상 온갖 유혹의 주인공,
  쾌락으로 인간을 인간답게 만들고
이유 없는 폭력으로 사납게 길들여
  너무나 인간적인 서로를 닮아가는
이미 사탄의 분신이 되어버린 인간

우리가 닮은 우릴 닮은 사탄,
  서로 미워하며, 서로를 닮아가
내 속에 도사리고 있는 사탄,

아! 우리는 어느새

사탄에 물든 언어로 기도를 올려야 하는가?
사탄에 물든 넋으로 사랑을 바쳐야 하는가?

긴 호흡

—높은 소리로

싱싱한 감각으로 청춘 가슴 불사르며 폭발하는
　사랑과 열정,
짜릿한 천둥 번개로 희망 엮어 용솟음치는 불꽃
　혼에 댕기며
찬란한 축제에 생명 불어넣는 끈질기고 강인한
　힘줄이 되어
시간을 끌어당기어 긴 역사를 굴리는 동력으로
　피를 돌리는

젊음의 용기와 예지가 힘차게 솟아오르던 시절
　꿈은 원동력
온몸을 바쳐 이상을 실현하려는 폭풍과 노도로
　끓어오르던
영혼이 기계에 휘둘려 돈으로 희석되는 모래알로
　부서지는데

—낮은 소리로

보이지 않는 눈빛 그리워하는
　들리지 않는 음성 그리워하는
연민의 나직한 속삭임 속으로
　잦아들어 여린 어둠의 빛들에
스며들며 멀어지는 기억의 제
　그림자 너머로 아득히 흩어져
저 하늘로 돌아가면 이곳으로
　다시 올 기약은 희미해지는데

—사변적으로 천천히

후회와 반성으로 돌이킬 수 없는
　목숨은 인간의 희망과 운명의 뭇
한계인 불가역 시간으로 묶인 듯
　우연한 인연을 필연으로 착각하며

가느다란 숨결의 흰 줄을 따라서
　시간을 잇고 공간을 열며 마디마다
고통, 번민을 승리의 환희, 축제로
　무늬 수놓으며 모를 곳으로 흐르는

—담담하게 속 미소 지으며

앞과 뒤에 메이지 않은 지금 여기
생명 깊이 들어내는 찰나의 충만함
들이쉼 내쉼 사이를 영원으로 위로

우주를 숨 쉬는 영혼의 맑은 가슴에
새로움은 끝없는 샘물처럼 솟아나고
척도에 구애받지 않는 넋이 만물의
숨결로 태어나는 혼의 영지가 열려

도구에 잡히지 않은 순수한 영혼이
마음의 밭을 갈아 의미를 빚어내는
영지엔 신기한 꽃과 알곡이 자라나
시공 구애받지 않는 넋 꽃 피는 땅

젓줄의 앞과 끝이 팽팽하게 당겨지며
창조 낳는 즐거운 힘이 살아있음을
빛내는 둥그런 모습으로 천지 휘돌아
깊은 숨 쉬는 생의 긴 호흡이 인다.

마력과 폭력
—수數

사람을 숫자에 구겨 넣고 계산하면
  타고난 넋은 증발 되
신을 숫자에 구겨서 넣고 계산하면
  인간은 자만에 빠져
세상을 숫자에 구겨 넣고 계산하면
  인간 시간이 병든다.

이념을 숫자에 구겨 넣으면 폭력이 되듯
  경제를 숫자에 구겨 넣으면 욕망만 불어
예술을 숫자에 구겨 넣으면 무미건조해,

국가를 숫자에 구겨 넣고 계산하면
  사상자만 늘고
삶을 숫자에 구겨 넣고서 계산하면
  슬픔은 약자의 몫
넋을 숫자에다 구겨 넣고 계산하면
  영혼이 상한다.

숫자에 넣는 법은 차별로 넋 조롱하는 낡은 술수
  영혼을 제거하는 자본주의의 음모, 정치가의 덫,
숫자에 넣는 음모는 신을 몰아내는 무자비한 도구
  숫자를 우상으로 섬기는 자는 순환 게임에 잡혀
숫자에 구겨 넣는 학문은 어느새 결정론에 빠지고

숨은 음모를 수열에 늘어놔 난수표에 위장 도치돼
  수는 가치를 대체해, 지고의 지위로 점령지를 넓혀
수 작아지면 불안한 권력은 몰래 여론을 조작한다.

숫자놀이에 휘말리면
  적은 게 천지 차이를 만들어 자유로울 수 없어
숫자로 조작된 지표
  0.0000001의 작은 차이로 패자를 기만하는데
영혼을 숫자로 만든
  이념 공식에 처넣어버려 증발된 수많은 인간,

정직한 수학은 없어 담기지 않는 혼만 초연할 뿐

모든 걸 숫자로 바꿔 도표로 꾸려 계산이 영혼인
인간은 매트릭스 공식 상수 덫에 걸려 넋을 잃어,

숫자에 묶인 채로
황금 손의 조작된 숫자놀이에 희생되어
적자를 남발하며
약속하는 값싼 천국의 입장권을 받으려
고도를 기다리다
올 기미 보이지 않아 종말의 두려움 속
조작된 숙명의 틀
계산에 잡히면 의지를 버려야 살아남아

마음, 물질, 아름다움의
삼위일체를 이루는 수는 조화의 원천이나
숫자 놀이의 신성한 비밀 약속을 어긴 자는
저주를 피할 수 없네!

모순이며 진리인

—진실도 홀로는 설 수 없네.

사심을 없애라, 욕망을 없애라 하나,
　사심을 구심력, 욕망을 원심력으로
세상이 돌아가 지나침이 문제일 뿐

논리가 모든 것의 기본원리라 하고,
　이성으로, 직관으로 따져보라 하고,
의식을 헛것이라, 무의식을 진짜라,
　환상을 진실이라, 엇갈려 주장하며

진실을 그림서, 진리를 글자에서 찾아
　세상사는 법을 굳이 세우라 하는데

둥글어 동서로 나뉘지 않아 반 조각은 가질 수 없는 것
　깊숙이 세상을 들여다보면 모든 것은 사실이면서도
사실이 아닌 채로 진실이고, 모순이 순리, 역설이 조화인
　서로 받쳐주는 균형으로 있음과 없음이 엇물린 세상,

모순과 역설도 익숙해지면 의식할 수 없는 진실이 돼
　진리와 진실도 낯설면 견딜 수 없는 고통을 줄 뿐인데

범주를 내려놓으면 모든 건 하나 그대로 자연인 것을!

의식, 무의식, 현실과 환상, 연결과 단절이 맞물려,
이성 감정이 맞물려, 적과 동지도 섞이면 친숙하고
사랑과 미움도 섞이면 익숙해, 삶과 죽음도 하나로
선과 악, 천당과 지옥도 선 자리를 바꾸면 달라져

확실성과 불확실 사이에 경계 없어
　사랑과 미움도 같은 뿌리서 자라고
기쁨과 슬픔도 같은 뿌리서 자라나,
　생과 사도 같은 뿌리에서 생겨나고

좋고 싫음도 같은 뿌리에서 생겨나
　중심이 수시로 떠돌며 형상 버텨내
생명을 살리며 혼 일으켜 세워놓아,

균형은 서로가 당겨야 생기고
　음양 속엔 서로의 씨앗이 있고

비수로 나누어 분별하려 하나
　미감은 평형에서 비롯되는데
지나치면 실제를 부인하는 것.

진실과 거짓, 있음과 없음, 사실과 환영도 거리 문제,
　미추도 거리의 문제, 없는 것은 있는 것의 씨앗,
서로 떨어질 수 없어 서로가 맞물려 세우며 돌아가니

하이젠버그는 경계에서, 아인슈타인은 제자리에서
　양자론은 단위에 머물러, 수학은 영零에서 비롯하고
우주는 무에서 비롯되고, 부분이 전체가 되면 승화,
　전체가 부분 되면 사려, 가운데를 잘 다스리면 정도.
끝을 잡아 가운데로 이끌면 모든 것이 성스러워져

꿈은 불가능에서 시작되고 의식은 의문에서 비롯돼
　수, 논리는 힘에서 비롯돼, 정에서 비롯되면 경敬이나
무에서 비롯되면 도道, 모든 것의 씨앗[仁]은 하나
　천지인天地人은 우주의 몸체.

모순이면서 참인 진리의 모든 것들도 아량의 문제,
조화는 고통스러운 균형으로
세상 잘라 나누어보는 개념은 임시방편일 뿐 모든
진실도 홀로는 설 수가 없네.

먹물 거품

상징으로 전하나,
언어는 은밀한 의미를 희석하여
문자로 그려봐도
부호는 숨겨진 비밀 담지 못해

진실은 빛과 어둠 사이를 맴돌며
　상징의 의미를 육신에 새기고
추상의 문자에 실어도 모자라
　이념은 영혼의 해도에 없는 섬.

화살표 따라서 레이더 화면에
　천사의 날개가 비치길 기다리는
던져진 꿈은 상상의 날개를 펴
　생각의 고리를 이어가려 하나,

상징이란 말과 몸짓 그림과 문자로 엮은 환영
　사물과 기호 사이 뜨는 신기루를 진리로 알아
먹물 거품에 새기며 가느다란 신경가지에 이는
　파문으로 세상 가름하는 위태로운 우리 영혼.

파장이 잦아들면 넋은 어디로 갈까?
　대성통곡으로 깨워도 대답이 없는데
애달픈 설움 간직한 흔적 사라지면
　빈 혼의 자릴 긍정하는 수밖에 없어

문자 빼고 숫자 공식을 빼버리면
영혼에 남는 건 무엇일까?

저 의젓한
잣나무 한 구루.

진리의 이름으로

—생명이 억압되지 않는

말씀으로 각인된 제 의식 벽화엔 영원한 진리가
　온갖 채색구름에 쌓인 모습으로 자신을 드러내고
사물 깊숙이 숨은 진실은 피부 느낌으로 나타나

이념은 자기주장을 추상 강철 논리에 매어 당기고
　여럿의 의지를 모은 민주화된 지식은 수에 묶이어
감각 지각이 제각기 양식에 따라 다른 생각 펼쳐
　무한 정보사회는 모든 가능성으로 혼란 혼돈 낳아
모든 걸 기계에 맡기는 합리적인 짓이 일어난다.

전부가 진리일 수 없고 전부가 사실일 수 없어
　전부가 거짓일 수 없고, 전부가 참일 수 없는데
확신으로 인도할 수 없는 회색의 중간 늪지대엔

망각된 진리, 하늘이 숨겨놓은 비밀, 주장으로 짠 구호,
　신이 감추어놓은 계시, 약속으로 꾸민 수학, 정치 논리
목표 없는 진화 원리, 말로 조립된 진리, 예술적 진실,
　소망의 진리, 힘으로 누르는 상대적 주장이 공존하여

제 구미에 맞는 것을 선택하여 제일 원리라 소리치고
　제 자리가 모든 걸 선택하는 유일한 기준이라 소리쳐
제 말이 진리라 주장하며 타인의 말 들으려 하지 않아.

깨달음에 다다르면 타인에게 전해야,
　진실에 다다르면 남들에게 보여줘야,
함께 같은 길을 손잡고 갈 수가 있어
　자명한 원리들이 지켜지고 살아남아,

진리는 체득해야 정말 내 것이 되고
　남의 지혜도 나와 우리의 것이 되어
풍족하고 평화롭게 같은 길을 가나
　나누지 않고는 다 같이 갈 수 없어.

빨랫줄 같은 형식논리로는 방향을 알 수 없고
　공식화된 수학의 원리로는 숨결 담을 수 없어
살아있는 생명 진실 비껴가면 모든 게 상실돼,

활같이 긴장하는 팽팽한 공식에 담을 수 없고

다양한 힘을 어우르는 아름다움을 논리는 몰라
고착된 형식은 생명을 위협하는 죽음의 각질,

진리가 이상적인 것이려면 삶에 뿌리를 내려야,
이성과 지각이 도구라 해도 가슴에 닿아있어야,
관습이 오랜 전통이라 하면 현재에 살아있어야,

육신 자라고 의식이 성숙하여 영혼 꽃피우는데
어느 것 하나 없으면 원만한 진리가 될 수 없어
살아있는 진리는 시간 숨결을 호흡하는 생명체.

진리란 미세한 움직임에 대한 지각으로 생겨나
생의 의미 드높이는 영지 넓혀 안식으로 이끄는
전체가 살아 숨 쉬는 성스러움도 통찰로 생겨

지식 조각이 넋을 난자해 영혼 흩어지게 하는데
양치기의 단순한 삶에 무슨 의미를 덧씌우려 하며
흔적 없이 사는 자연인에게 결핍이란 무엇인가?

어떠한 이유로도 생명이 구속되지 않는
　생명이 진리의 이름으로 억압되지 않는
너 거기 살아 있어 희망인 생명의 신비,

뭇 사람 살리는 수많은 작은 진실이여,
　세상을 지탱하는 보이지 않는 작은 진심
숨결 신는 작은 정성만이 참일 뿐이네!

발문

"아우슈비츠 이후 시 짓기란 야만적"이라는 Adorno 아도르노의 말에 부끄러워하며 떠도는 넋을 위한 진혼곡을 헌정한 지도 15년이 흘렀다. 현대문화라는 AI 등 전자영상의 광속 소용돌이 수렁에 빠져 허우적대며 점점 희미해지는 혼의 영지를 지키려는 힘에 부치는 작은 노력들을 모았다. 언어, 빛깔, 느낌, 인상, 무늬, 뒤에 감춰진 은밀한 진실을 찾아보려 시도한 흔적을 담았다.

1부 '삶의 속살'에선 삶의 일상 속에서 점점 잃어가는 영혼의 빛, 고통 속에서 내면의 빛을 잃지 않으려는 선한 사람들의 참모습을 보고, 오만한 인간들은 시선조차 주지 않는 풀꽃의 의연함, 생의 아픈 흔적들이 생의 보물임을 깨닫는다.

2부 '여행은 순례가 되고'에선 우리는 여행을 통해 일상의 구속에서 벗어나 자유로운 체험을 얻는다. 옛날 소요학파들이 누렸던 기쁨, 다른 문화, 다른 자연 속에서 체험하며 누렸던 해방감과 새롭고 경이로운 체험은 영혼에 지혜와 자유로움을 가져오고 여행은 자유로운 영혼이 편견을 버리는 의식의 정화가 이루어지는 순례이다.

3부 '덧없음'은 찰나의 통찰을 빚어내는 일이 예술의 속살임을 보이며 아름다움의 숨겨진 모습을 통하여 다양한 형식으로 영혼을 승화하는 예술가들의 숨은 노력, 아름다워서 슬픈 모습을 보이고 있다.

4부 '하늘이 숨겨놓은 진실: 뉘앙스'는 인간이 만든 온갖 요란하고 치사찬란한 겉모습을 넘어 하늘이 숨겨놓은 은밀한 의미를 삶에서 찾아야 하는 진실, 자연의 순수하고 소박한 모습에서 경외와 위로를 발견하는 즐거움이 숨겨져 있다.

5부 '찬란한 고통'은 벗어날 수 없는 고통스러운 인간의 삶에서 위로를 받아야 하는 업보 속에서 의미를 찾아야 하는 노력이 우리가 가진 것의 전부이며 그 속에 삶의 진실이 숨겨져 있다.

인간이 만든 생각의 굴레에서 벗어나 삶 속에서 스스로 순수한 자신의 모습을 되찾는, 내적 구원을 향한 흔적이다.

6부 '영지 잃은 말'은 2006년 시집 "도시의 신들, 상형시대"에서 물신에 사로잡힌 도시인간의 모습을 우려했으나 현재 가속화하는 인공지능과 전자영상의 폭발적 확산은 개인으로는 맞설 수 없는 힘으로 사회를 지배하고 있어 영혼을 싣는 말은 진정성 없는 껍데기만 남아 인간을 위협하는 상업과 이념의 편리한 도구로 전락하여 영적 진실을 담을 수 없어, 성스러움을 훼손하며 타락한 말이 사회와 영혼을 병들게 하는 현실 속에서 살아남아야 하는 인간 현실을 그리고 있다.